SHY NOVELS

君のいない夜

和泉 桂

イラスト 雨澄ノカ

CONTENTS

君のいない夜

1st piece

ブラインドから差し込む薄い光が、頬や顎《あご》をちりちりと焼く。夢うつつの中、佐倉瑛人《さくらあきと》は無意識のうちに寝返りを打とうとした。

「ん」

不意に、躰《からだ》に重みがかかった。肩先に感じた他者の掌《てのひら》によって眠りの淵から本格的に引き上げられ、瑛人は睫毛《まつげ》を震わせる。

「凜《りん》……？」

そう、凜。凜だ。

自分の名前は忘れても、この名前は忘れない。

それくらいに長い時間、触れ合っているあいだずっと凜の名を呼び続けてた。そのせいで、二つの音はすっかり舌に馴染《なじ》んでいる。

「寝ぼけてるのか」

からかうように問いかけ、勢いよくベッドに飛び乗った凜が瑛人に覆い被さってきた。

しなやかな獣のように、凜の肉体はその顔も躰も美しい。

自分より体格のいい凜に乗られて荷重が増し、木製のシングルベッドがぎしぎしと軋《きし》んだ。

「そうかも……」

今が何時なのか、わからない。

サイドボードに目覚まし時計を置いているが、ベッドに横たわった状態ではどうせ見えない。それに、手を伸ばして取る気にもなれなかった。

ずっと寝室に閉《と》じ籠《こ》もっていたせいで時間の感覚はとうに失われていたが、凜と知り合ったのがほんの数日前なのは確かだ。

大学の同級生に呆れられるほどガードの堅い瑛人が、出会って間もない人物と抱き合っているなんて、今でもまだ信じられない。

これが、運命というものなのだろうか。

「今、何時？」

少しでも動こうとすると、腰を中心に鈍痛が生じる。全身が気怠《けだる》い熱を帯び、慣れ親しんだ自分の四肢ではないみたいだった。

「さあな」

気のない返事とは裏腹に、凜は瑛人の両腕をそれぞれの手で握り、拘束するように力を込める。

膚《はだ》と膚が触れ合う昂奮《こうふん》に神経がちりちりと焼けるようだ。

動けないのは体格差のせいではなく、凜の目を見てしまったからだ。

すべてのパーツがバランスよく配置された美貌は癖がなく、艶《つや》のある黒髪だけでは、一瞥《いちべつ》しても国籍がわかりにくい。

人の美醜にさしたる関心がない瑛人でさえ見惚《みほ》れるほど、凜は華やかな容姿を持っている。

青みを帯びたようになめらかな白い膚。尖った鼻梁《びりょう》。薄い唇。何よりも印象的なのは、彼特有の金色の瞳だ。

はじめはカラーコンタクトをしているのではないかと誤解したくらい、きらきら光る宝石のような目にはインパクトがあった。

生まれはどこか聞いてみたけれど、適当にはぐらかされてしまった。

だから、見つめられると動けなくなる。

その瞳に魅入られてしまう。

「しても、いいか」

凜が顔を近づけ、瑛人の耳朶《みみたぶ》に触れそうなほどの至近距離から問う。彼の吐息が皮膚に触れ、くすぐったくなった瑛人は微かに目を細めた。

「だめって言ったら、やめる？」

凜が何をしたいのかは、既に学習している。

疲労に掠《かす》れた声で瑛人が尋ねたものの、凜は「やめない」と短く言い切った。

「何回、おまえがいない夜を過ごしたと思う？」

「今、朝だし…」

「細かいことはいいだろ」

こちらが反応する前に彼は瑛人の首に顔を寄せて、唐突に喉元に嚙みついてくる。

食われる。

尖った犬歯が棘《とげ》のように白い喉に刺さり、瑛人は凜に与えられる鋭い痛みに思わず息を吐いた。

「もう無理。できないよ、凜」

今でも腰が疼き、鈍い痛みがある。無理な体勢をしすぎたせいで、関節の多くが悲鳴を上げている。

普段はものごとに執着しない自分が、息も絶え絶えになるまで誰かを抱き締め、その腕を求めることがあるとは、思ってもみなかった。

「確かめさせろよ。おまえが、やっと俺のものになったって。おまえがいないのを、どれくらい我慢したかわかるか?」

凜は熱っぽく囁《ささや》き、大きな掌で瑛人の膝から腿にかけてを右手でそっとなぞる。それだけで甘い感覚が背筋を駆け抜け、腰の奥が怠く痺れた。

「ふ…」

途端に濡れた息を吐く瑛人の頭上で、凜の瞳がちかりと光った。

「ほら、おまえも欲しがってる」

節々が細いしなやかな指が蠢《うごめ》き、兆しかけた瑛人の性器に絡みついた。彼の赤い舌が瑛人の膚をなぞり、唾液がぬめった道筋を描いていく。何度も膚にくちづけられ、嚙みつかれ、ほんの数日前までは他人の体温と無縁だった瑛人の肢体には、今や凜のしるしがあちこちに残されていた。

「だめ、だめだってば……」

息を弾ませながら口にする拒む言葉も上滑りな睦言《むつごと》に聞こえるのか、彼は執拗《しつよう》に瑛人の膚を弄《まさぐ》り続《つづ》ける。

「……あ…ッ…」

凜の舌端が太腿の筋肉を皮膚の上から辿り、微細な感覚に瑛人の喉から小さな喘《あえ》ぎが漏れた。

「今くらい、好きにさせろ。どうせ、おまえは俺を忘れるんだ」

す。

顔を離した凜が、なぜか淋しげな目で瑛人を見下ろ

「忘れないよ」

何度となく聞かされた凜の言葉に、瑛人は仄《ほの》かに笑う。自信満々で触れてくるくせにどこか心配性なところが、強引な年上の男の可愛げにも見えた。

初めてのキスも、セックスも、全部凜に捧げた。

そんな相手を忘れるはずがない。

「凜は初めての人を忘れられる?」

「忘れない。でも……俺の匂いをつけておきたい。おまえが俺のものだってしるしを」

息を弾ませて訴える強引な台詞《せりふ》はどこか痛切で、反論できなかった。

「可愛いよ、瑛人」

だめ押しのように口にし、凜は瑛人の唇に自分のそれを押しつけてくる。

「すごく綺麗だ」

「んん…ッ…」


呼吸ごと何もかも吸い取られるみたいだ。キスをされると頭の中が霞《かす》んだようにぐにゃりと歪み、何も考えられなくなる。

「瑛人。好きだ……好き」

熱に浮かされたように繰り返し、凜が瑛人の首のつけ根に顔を埋《うず》めた。

「あっ!」

今度は鎖骨の上を意図的に噛まれ、鋭い刺激から生じる疼きに瑛人は小さく仰《の》け反《ぞ》った。

そのあいだも、彼の両手と舌は瑛人に快楽を与えるために膚の上を這い回る。

気持ちがいい。躰がどんどん熱くなってきている。

生まれて初めて抱き合ったひとは、瑛人に丁寧に快感を教えてくれた。

惨《むご》いほどに深く開かれても、何もかもが気持ちよくて。

「瑛人」

掠れた声で囁く凜の必死さが、瑛人の胸を痛ませる。

こんなにも激しく自分を求める相手に対し、どうしようもない愛しさが湧き起こってきた。

「凜……」

瑛人に名前を呼ばれるだけで、凜は嬉しそうな顔をする。

その表情に、瑛人もまた煽《あお》られるのだ。

未熟な肉体は貪《むさぼ》られ、食われ、骨の髄までしゃぶられる悦《よろこ》びを知ってしまった。魂の奥底にまで、相手の存在を刻み込まれる情熱を知ってしまった。

だからもう、どこにも戻れない。戻る先など思い浮かばない。

「そこ……早く……」

うなされるみたいに訴える瑛人の頬にくちづけ、凜は「ああ」と吐息だけで同意する。

凜が求めるのは、瑛人自身だった。

「瑛人」

ひたすらに名を呼びながら獣じみた様子で自分を喰らい、交わろうとする凜の背中に腕を回し、瑛人はそのまま動かなかった。

——おまえは俺を忘れる。

凜の言葉が、呪いのように深く深く瑛人の心に沈んでいく。

忘れたりしない。

凜がひとつひとつ丁寧に、与えてくれたのだ。

今まで気づかぬうちに失われていた、瑛人の人生に必要な欠片《かけら》を。

抜け落ちていた大切なピースを、凜だけが教えてくれたのだ。

2nd piece

――怖いよ。どうしよう。

泣くのをぐっと堪《こら》える瑛人《あきと》を、青年が背中から抱き締める。慰めてくれる彼は、瑛人の知らない人物だ。なのに、彼がいるだけでなぜだか安心してしまう。

「大丈夫だ、瑛人。俺がおまえを守るから」

家の周りを囲むのは、銃を持った男たち。

絶望的な状況に、瑛人はがたがたと震えた。

「待ってろ、逃げ道を探してくる」

交渉に向かうため、青年が一歩踏み出す。だめだ。それでは撃たれてしまう。止めなくては、このあと彼が瑛人の眼前で血まみれになって……。

「……‼」

瑛人はベッドからがばりと飛び起き、荒い息を吐く。

悪夢だった。

「最悪……」

撃たれるところまではいかなかったけれど、このまま眠り続けていればそうなったに違いない。

しばらくそのままぼんやりしているうちに、気持ちが落ち着いてくる。

伸びをして手近な目覚まし時計を取り上げると、ちょうど鳴りだす寸前だった。

欠伸《あくび》をしながら階下に向かい、いつものように仏間で手を合わせて両親に朝の挨拶《あいさつ》をする。

「おはよう、二人とも」

おはようと言うには少し遅い時間だったが、起きたばかりなのだからこう言うほかない。

顔を洗ってからキッチンへ向かうと、既に米が炊けるいい匂いが台所いっぱいに漂っていた。

瑛人は鼻歌混じりに食器棚から茶碗を取り出し、木製のしゃもじを軽く濡らす。

白が基調のシステムキッチンは、二年前にリフォームし、食器棚も食洗機も何もかもがまだ新しい。前の家から使っている古いものは、テーブルや椅子、ソファくらいのものだった。

スクールカウンセラーとして多忙だった母は、理想的なシステムキッチンを整えて無邪気に喜んでいた。実際には母はそれを使いこなす前に亡くなり、張り切って取りつけた棚は、がらんとして何も入っていない部分のほうが多い。

昼食を兼ねた遅い朝食のメニューは米飯、味噌汁、目玉焼きにおひたしだ。

一番出汁《いちばんだし》は数日分作り置きしているので、味噌汁を作るのに手間はかからない。十九歳の大学生にしては健全すぎる手料理だろうが、これがしっくりくるし、一度手を抜き始めると際限がないのは何となく予想がつく。今日は二限目が休講で、五限まで受けてからアルバイトなので、腹持ちを重視して昼食はとりわけ念入りに作った。

「――あ」

またやってしまった。

一つでいいのに、つい、青い茶碗を二つ出していた。亡き両親のグレイの夫婦《めおと》茶碗と違い、青いほうは同じ大きさだ。瑛人の茶碗が割れたときの予備なのだろうか。母に聞ければ謎が解けたのに、と残念に思う。

そんなふうに茶碗の謎に考えを巡らせていると、ごろごろという音が聞こえてきた。

「モモ」

瑛人の足許《あしもと》で、キャットフードを食べ終えた飼い猫のモモが大きく伸びをしている。くすんだ色みの雑種だが長毛種の血が混じっているらしく、ふさふさとした尻尾《しっぽ》が可愛らしい。

もらってきたときはサクラという名前だったが、佐倉《さくら》サクラではおかしいだろうと、同じ春の花の桃が選ばれた。それが名前の由来だ。

「もう食べ終わった？」

みゃうんと一声鳴いたモモは、老齢にもかかわらず食欲が旺盛だ。一時は元気がなくて心配していたが、この分なら長生きしてくれるに違いないと、戸棚に茶碗を戻した瑛人は唇を綻《ほころ》ばせた。

椅子に腰を下ろして「いただきます！」と元気に挨拶すると、タイミングよくモモが鳴く。

食卓に置いた旧型のラジオのスイッチを入れ、瑛人は一人きりの食事を始めた。

区内のあちこちでばらばらの遺体が見つかったというニュースのあとに、耳に馴染《なじ》む音楽が流れだす。両親が好んでしばしばカーステレオで聞いていた、懐《なつ》かしいオールディーズだった。彼にこういう古くさい音楽は嫌だと食事のたびに文句を言われたことを思い出し、自然と笑みが零《こぼ》れる。

大学一年の初夏に両親が交通事故で他界してから、そろそろ一年以上経とうとしている。

瑛人は一人っ子のうえに親戚らしい親戚もなく、父の勤務先だった私立大学の教務課の人たちに手伝ってもらって葬儀を終えることができた。

ショックからなかなか立ち直れなかったが、最近ようやく、天涯孤独の身を受《う》け容《い》れられるようになった。幸いこの家のローンも完済しており、借金はなかった。生活には支障がなく、がらんとした食卓にも、だいぶ慣れてきた。

食卓を囲む椅子は、全部で四つ。両親が結婚した四半世紀近く前に手に入れたらしい、かなりの年代物だ。

瑛人が使うのはドアに一番近い席。モモは両親が使っていた窓際の二つの椅子のどちらかには乗るが、決して瑛人の隣の席には座らない。

両親が健在だった頃から、モモはこの空席には座らなかった。モモが食事時にしょっちゅう皆の膝に乗るのではじめは躾《しつけ》のためにと怒っていたが、いっこうに言うことを聞かないので最後には全員が諦《あきら》めてしまい、今日は誰の膝に乗るのだろうかと話題にするようになったほどだ。

何もかもが、遠い記憶だ。

懐かしさに目が潤みかけ、瑛人は慌てて両目を擦る。

気づくとモモは尻尾を振るのをやめて丸くなってい

て、瑛人の涙を見ないふりをしてくれているみたいだった。

「……見た？」

瑛人が小声で聞いてみると、尻尾が一度だけぱたんと上下に揺れた。

「ありがと、モモ」

駅から徒歩二十分、不便さと閑静さの中間にある自宅には、六年前に越してきた。

中途半端に思い出のあるこの家は、瑛人とモモだけでは広すぎた。とはいえ、売り払うのも両親に申し訳ない気がしたし、何よりも短くても家族で暮らした家を失うことに踏ん切りがつかなかった。

両親を失った今、瑛人が感じるのは孤独や淋しさではなく、漠然とした不安だった。それは自分に何か欠けているのではないかという、言葉では説明できない違和感のようなものだ。

自分は何か、大切なものをなくしたまま生きている。そんな感覚はあるのだが、実際には何を失っているのかがわからない。本当になくしたかどうかさえ、把握できなかった。

それは両親の死に由来するものとはまた違う。両親の死よりもっと前から瑛人はその奇妙な喪失感に悩まされており、両親にも何度か相談していたからだ。そのたびに考えすぎだと一笑に付されたが、結局は納得がいかなかった。

何かが、足りない。自分を構成する何か大切なピースをなくしてしまった。

折に触れ心を過《よ》ぎるのは、その喪失感がもたらすたとえようもない淋しさだった。

食事を終えた瑛人はおにぎりを三つ作り、ラップにくるんで床に置いてあった鞄《かばん》に押し込んだ。昔、丸いおにぎりしか作れなかった瑛人は、それを笑われたのが悔しくなってむきになって練習をした。三角形のおにぎりをマスターし、いざ勝負をしようと持ちかけたところ、当の相手は不器用すぎて丸いおにぎりさえも作れなかった。あの一件のおかげでおにぎりを作れるようになった。

身支度を整えた瑛人は、玄関に置かれた姿見に自分を映す。

ボリュームのないさらっとした黒い髪に、二重の目。小さな唇。美人だった母親似で端整な顔は少々女顔だと言われるが、異性と深い関係になったことがない。

そこそこ親しくなる女友達はいても、何を考えているかわからないと言われて、最終的には疎遠になることが多いのだ。

瑛人の心には誰も決して入れない領域があり、そこを絶対に見せてくれないと不満そうに言われたこともある。

キッチンからやってきたモモが、見送りをするようにフロアマットの上に座る。

「行ってきます」

留守番をしてくれるモモに軽く手を振り、瑛人はダウンジャケットを身に着け、マフラーをぐるぐる巻きつけながら外へ飛び出す。寒風が吹きつけ、かさかさと音を立てながら枯れ葉が足許で動いていた。


授業終了のベルが鳴り、教授の声がマイクを通じて教室に拡散される。

「来週のこの時間は休講です。補講は後日お知らせします」

それを機会に、瑛人はぱたんとノートパソコンを閉じた。アナクロにノートを取るよりもタイピングしたほうが早いので、持ち込み可能な授業ではノートパソコンで記録している。こうすると友人同士でノートを共有するのも簡単なうえ、あとで整理しやすいからだ。

「佐倉」

教室の一番後ろにあるドアから出ていく学生の流れに逆らい、クラスメイトの正岡《まさおか》が足早に近づいてきた。

「なに？」

首を傾《かし》げた瑛人に対して、正岡は「あのさあ」と気安く切り出した。

「先週のノートある？　借りたいんだけど」

「いいよ。でも、ちゃんと出席しないとまずくない？　欠席は三回までだよね」

心配顔をする瑛人に、「そうなんだよ」と彼は困り顔で頷いた。

先週は正岡は風邪をひいて欠席したそうだが、その前は確か寝坊だったので、あまり同情の余地はない。

「俺、あとがないんだ」

「わかった。帰ってからメールするよ」

「サンキュ！　そういやさ…」

正岡は屈託なく笑うと、瑛人の首に腕を回してきた。

「このあいだの美佐恵《みさえ》ちゃん、別れちゃったんだって？」

「う」

彼にそれが伝わっている理由を問うまでもない。美佐恵と引き合わされた先月の合コンは正岡が幹事で、瑛人は数合わせに半ば強引に引っ張っていかれた。

今はSNSなどで友達同士が常に繋《つな》がっているため、何かあれば瞬く間《またたくま》に情報が広まってしまう。瑛人が美佐恵とつきあい始めたときもそうだったから、終わりも同様なのは容易に予想がつく。

どんなに誘われても面倒だという理由でSNSに手を出さない瑛人を正岡は変わり者だと認識し、同時にその頑《かたく》なさを面白がっている節があった。

「おまえ、顔だって綺麗系だからわりともてるし、笑うと可愛いのに、何で長続きしないのかねえ」

「わかったら苦労しないよ」

「苦労なんかしてないくせに」

正岡はからからと笑って、続けた。

「ちょっと取っつきにくく見えるからかな」

瑛人は警戒心が強く、他人に己の胸のうちを曝《さら》けだすのが不得手だった。ここから先は絶対に話したくないというラインが、明確に決まっている。そういう線は誰もが引いているものだろうが、瑛人は他人に対しての警戒心が人一倍強いのかもしれない。

それでも、人並み——いや、人並み以上にロマンテイックな恋愛願望はある。

この世界が終わっても離れたくない、そんな相手に出会いたいと思っている。しかし、そんな激しい恋の予感はこれまでに一度として感じたことがなかった。

いったいどこをどう間違えて、自分に不似合いな望みに目覚めてしまったのだろう。

「変なこと言って、ごめん」

正岡は悪戯《いたずら》っぽく言い、ぼんやりする瑛人の肩を叩いた。

「そうだ！　今度、映画行かないか？」

「映画？」

「優待券もらったんだよね」

正岡が口にしたのは、最近しばしばポスターを見かけるアクション超大作のタイトルだった。

「いいけど……あれ、銃撃戦とかある？」

「あ！　刑事物だからあるかも」

「だったらごめん、やめとく。苦手なんだ」

今朝方の悪夢の件もあり、なおさら気が進まない。

「そっか」

少しばかり残念そうな顔をして、正岡が頷く。

「こっちこそ悪かったよ。すっかり忘れてた」

「ううん」

同じように、春にも正岡に映画に誘われた。ごくありふれたサスペンスもので、当初は瑛人も楽しんでいたが、ハードな殺戮《さつりく》が展開される終盤で突然意識を失い、正岡を慌てさせたのだ。

二度目は、夏に友人の家で皆でＤＶＤを観《み》ていたときだ。あのときも瑛人は突然失神したのだ。

正岡が「もしかして目の前で人が撃たれたのを見たことがあるんじゃないか？」と冗談交じりで案じるほどで、皆は何か持病があるのではないかとしきりに心配してくれた。

病気ならいいが、そうではない気がする。
二、三年前までは銃撃戦だろうがホラーだろうが、特に気にせずに観られたはずだ。
誰かが目の前で撃たれた、だって？

そんなシチュエーションに遭遇するわけがないのに、なぜだか否定しきれなかった。

「今からバイト?」

「うん」

「じゃ、駅まで一緒に行くよ」

空き教室で腹ごしらえをしたかったが、何となく断れずに正岡と歩きだした。

ついこのあいだまで並木道を彩《いろど》っていた銀杏《いちょう》の葉はすべて落ち、どことなく寒々しい。

校舎を出て緩やかな坂を下りていくと、犬の散歩をしている親子連れとすれ違う。大学のキャンパスは広く、近隣の住人に開放され、学生以外が入り込んでもとりたてて咎《とが》められない。

「おー、犬か。可愛いよな。おまえ、ペットは?」

「猫がいるよ」

「え、そうなのか!?」

正岡は心底驚いているようだ。

「もうだいぶ歳《とし》だけど」

「知らなかったよ。二年も一緒なのに」

「聞かれなかったから」

瑛人がさほど意味を感じずにそう答えると、正岡は「あーあ」とわざとらしく声を上げた。

「おまえさあ、そういうところが秘密主義なんだよな。ガードが固いって言うか、すごく警戒してるだろ」

「正岡のことは警戒してないよ」

「かもしれないけど、仲良くなるのに半年以上かかったよ」

「そこまで待つのは根気がよすぎ」

「だって、何となく放っておけないからさ」

そういう彼の面倒見のよさに、瑛人はずいぶん助けられてきた。警戒心が強いといっても一人が好きなわけではなく、どうやって人に打ち解けていいかわからないだけだからだ。

「うちの両親はあまり好きじゃなかったんだ、そういうの」

「そういうのって、なに?」

「家のことを人に話すのだよ。カウンセラーは守秘義務があるからって」

幼い頃から家のことを外で話すのはあまりよくないと、両親に暗に諭されて育った。

夫婦仲は円満で、瑛人は両親に愛されて育った。世間から見ても特に変わったところはないのに、彼らは、家庭の話が外に漏れるのを極端に嫌がっていた。

「守秘義務？」

問い返した正岡は、あからさまに変な顔をする。

「ん、なに？　どこか変？」

「いや、守秘義務はわかるよ。でも、患者のことを話さなきゃいいんじゃないのか、そういうの」

「まあ、そうなんだけど」

瑛人自身も薄々疑問を感じつつ、優しい母の表情を曇らせるのは嫌で、その言いつけに従っていた。

「僕もあまり……話したくないし」

「……だよな」

今でも自分の家族の話をできないのは、両親の教えのせいだけではないかもしれない。

正岡をはじめとした周囲の友人たちは、瑛人のそんな態度を事故で両親を亡くしたトラウマと見なしているらしく、深く追及しなかった。

「あ、でも、ひとつだけいい？」

「何？」

「おまえ一人っ子か、兄弟いるとしたら上だろ」

「どうして？」

正岡がどうしてそんなことを言いだしたのか、瑛人にはわかりかねた。

「いつも車道側じゃないほう歩くからさ。すごく大事にされてたんだろうなって」

「ごめん」

無意識の行動だったが、恥ずかしさに頬を赤らめる瑛人に対し、正岡は快活に笑った。

「いいって、気にしてないから。で、どっち？」

「一人っ子」

おかげで天涯孤独の身の上だ。

「当たったな」

おかしそうに笑う正岡は、たぶん彼なりに瑛人を気遣ってくれている。

正岡だけでなく周りの友人たちの配慮に、瑛人はずいぶん助けられている。けれども、彼らに心を開ききれずにいる自分の臆病さが、我ながら情けなかった。


週に二回、一回二時間の家庭教師をそつなくこなし、授業のあとに出される茶を飲んで帰宅する。

茶菓子に出されたケーキが想像以上に重かったので、帰宅してから夕飯を食べる必要はなさそうだ。

私鉄の車両から一塊《ひとかたまり》に吐き出された人に混じり、改札口を通り抜ける。

駅から離れるにつれ人影は疎《まば》らになり、住宅地に向かう頃には瑛人一人になっていた。

何となく、瑛人は今日の正岡との会話を反芻《はんすう》する。

瑛人が家庭について必要以上に語らない理由は、もう一つあった。

この住宅地に引っ越してきた頃だから、瑛人が中学生になったばかりの話だ。

一度はベッドに入った瑛人は、深夜に喉の渇きを覚えて階下へ向かった。

暗い廊下で足を止めてしまったのは、まさか両親がこの時間でも起きていると思わなかったからだ。

おまけに、母は泣いていた。

『私たちが殺してしまったのと同じだわ！』

珍しく昂奮する母と、それを慰める父の姿。

盗み聞きするつもりはなかったのに、躰《からだ》が動かなかった。

『仕方ないだろう。瑛人のためだ。私たちはあの子を守らなくてはいけない』

母が――いや、両親は誰かを殺してしまった……？

瑛人を守るために罪を犯したというのか。

ショックだった。

衝撃から、その晩は寝つけなかった。

それからしばらく瑛人は両親に対してぎくしゃく接していたが、彼らがいつもどおりだったので、やがて忘れることにした。だいたい、あの温厚な二人が誰かを手にかけること自体があり得ないと思ったからだ。

自分のために罪を犯したなら、それが言動に表れてもいいはずだが、彼らに変化はなかった。だから、あれは単なる比喩表現だったのだろうと結論づけたのだ。

けれども、そのときの記憶が、抜けない棘《とげ》となって瑛人の心に刺さっている。

それは、瑛人の記憶力が悪く、子供の頃の思い出がほとんどないことも手伝っているのかもしれない。

楽しい記憶は数えるほどしかないのにこんなことは覚えているなんて、自分でも嫌になる。

角地にある瑛人の家の煉瓦造《れんがづく》りの塀が見えてきた。

「…………」

瑛人が唐突に足を止めたのは、門前に見慣れない黒いものがあったからだ。

大きなゴミ袋だろうか。いや、ゴミは透明の専用袋に入れるのが決まりだ。

区内のあちこちで人間の遺体の断片が発見されたというニュースを思い出し、瑛人はぞっとした。遺体は紙袋に入っていたそうで、ニュースでは出所のわからない紙袋や段ボール箱には気をつけるよう注意を喚起していた。

それを思い出すと、かなり気味が悪い。

しかし、あの塊の脇を通らなくては家に入れない。

おそるおそる鉄製の門に近づくと、黒いものがわずかに揺れた。

「？」

首を傾げ、門灯の弱い光の下でよくよく眺める。

「あ」

それはゴミ袋ではなく、うずくまった人間だった。

膝の上に置かれた白い手は見えるが、肝心の顔はわからない。ただ、背格好からいって間違いなく男だ。

遺体ではなかったことに、瑛人はほっとした。

道端で座り込むのは、酔っ払いか行き倒れくらいのものだろう。居座られても困るので、瑛人は「あの」と声をかけながら相手の肩に手を置いた。

反応はない。

仕方なく軽く揺さぶってみたものの、相手が動く気配はなかった。もう少し強引なほうがいいと判断し、瑛人は男の手を摑んで立ち上がらせようとする。

「あっ」

意識を失っているのかまったく手応《てごた》えがなく、男は力なく前方に倒れ込んだ。

「すみません！　あの、ええと、大丈夫ですか？」

瑛人が話しかけてみても、返答はなかった。

１１０か１１９か、どちらがいいかとしばし考え込む。得体の知れない相手に関わるのは怖かったけれど、病人を放っておくことはできない。

「えっと、救急車……」

ポケットに入れたままだった携帯電話を取り出し、三桁《みけた》の番号を押そうとしたときだった。

「……だめだ」

携帯電話のバックライトで気づいたのか、呻《うめ》くような低い声が瑛人の耳に届く。

言葉を発したのは、目の前の人物だった。

意外にも、声は若い。

「警察じゃなくて、救急車を呼ぶんです」

取りつく島もない素っ気ない声が出た。

「医者も、だめだ……やめてくれ……」

懇願する口調は弱々しく、重病人のようだ。

「でも」

「もう……」

離れたくない、と聞こえた気がした。

「あの、ちょっと！」

男の真意を問い質《ただ》そうとしたものの、それきり彼は失神したらしく、瑛人の脚のあたりに倒れ込んできた。

咄嗟《とっさ》に青年の腕を摑んだけれど、力の入っていない躰はひどく重い。

このまま放っておくことはできないし、救急車か警察を呼ぶのが常識的な判断だ——そう思った。何かあったときに、瑛人には責任が取れないからだ。

だけど、たった今弱々しく自分に哀願した彼の声を、鼓膜の上で無意識に繰り返してしまう。

本当はよくないことだと百も承知なのに、躰が自然と動いていた。

瑛人は彼の腕を再び摑み、屈《かが》み込《こ》んでその脇の下から頭を入れた。途端に、肩にぐっと青年の体重がかかった。

「わっ」

想像よりもずっと青年の体格はがっしりしており、彼を支えようとした瑛人の躰が揺らぐ。

「…う…」

どこか怪我《けが》をしているのか、動かしたときに青年がわずかに呻いた。

瑛人は彼を支えたまま門を開け、数段上った。

鍵を開け玄関に倒れ込むようにしてホールに彼の躰を横たえると、ふっと全身が軽くなった。

自分の靴を脱ぐ前に、瑛人は青年の足許に腰を下ろす。相手の歩きやすそうなブーツの白い斑《まだら》は模様ではなく、土埃《つちぼこり》が黒い地色を汚しているだけだった。

苦労して相手のブーツを脱がせたあとに、瑛人は自分のスニーカーを脱いで家に上がる。

改めて電気を点け、行き倒れていた男の顔を見ようと視線を落とした。

「！」

思わず、短く感嘆の声を上げる。心臓自体がひとつの生き物のように、勢いよく跳ね上がった気がした。

綺麗な顔だった。

吹き抜けからつるされたライトの光を受けた青年の顔立ちは、びっくりするほど端整だった。白色灯の光がつける淡い陰翳《いんえい》が、絶妙なコントラストになる。

長い睫毛《まつげ》で縁取《ふちど》られた目は閉じられ、唇は薄い。体調が悪くて蒼褪《あおざ》めているだけでなく、もともと色が白いのかもしれない。全体的に彫像じみており、無造作に伸びた黒髪が、彼の美貌をかろうじて人間的なものにしていた。

額から顎《あご》、首にかけての線は作りもののようだった。

こんなに綺麗で完成された骨格の人間がいるのかと、瑛人は思わずため息をついた。

「…」

ふと、床に横たわったままの青年の目が薄く開いた。彼はどこか不安げな表情で瑛人を見やり、唇を震わせる。

「行くな」

掠《かす》れた声で告げた青年の指がするりと動き、瑛人の腕を摑んでその場に引き留めた。そのまま彼は、ひんやりとした瑛人の手に、乾いた頰を押しつけてきた。

あたたかい。

親から離れるのを怖がる子供のような所作に、なぜか胸が苦しくなる。

「大丈夫、です」

瑛人はその場に跪《ひざまず》き、身を乗り出して丁寧に言った。

「どこにも行きません。布団を用意してきますから、待っててください」

「ん」

二階に青年を運ぶのは無理だと端《はな》から諦め、彼を玄関から一番近い仏間に寝かせることにした。

押し入れにしまい込んであった布団は湿気を含んで重く、防虫剤の匂いがした。

敷き布団と掛け布団、シーツ、枕。それだけを手早く用意した瑛人は、急いで玄関へ戻った。

青年から一メートルほど離れたところで、モモが立ち止まっている。

「モモ？」

小声で呼んだが、耳をぴくぴくさせるだけで、動こうとしない愛猫《あいびょう》の姿はいつもと違う。

相手を警戒しているにしては、威嚇《いかく》をする様子もない。モモが敵と認定しないのなら、瑛人も少しは安心できた。

「よいしょ…」

改めて彼を動かそうと、両脇の下に手を差し込む。

重い。

身長が百七十センチを超える瑛人は小柄なほうではないが、平均体重よりは軽く躰つきも華奢《きゃしゃ》だ。

明らかに彼は瑛人よりも十センチ以上、ともすれば十五センチは背が高いだろうから、体重もそれに比例して重い。

青年を仏間に運び込み、埃まみれのコートを脱がせて寝かせる頃には、瑛人はすっかり汗をかいていた。

青年は、身元がわかるような所持品も持っていなかった。

「疲れた……」

畳の上に座り込み、瑛人は息を吐き出す。

何となく離れ難くてしばらくそこに留まってみたが、青年が起きる気配はない。

仏間の電気を消して常夜灯をコンセントに差し込むと、瑛人は襖《ふすま》をそっと閉める。

隣のリビングダイニングへ向かい、瑛人は外出中に食べるチャンスがなかった塩むすびに齧《かじ》りつきながら、看病に必要なものが何かを考え始めた。

だが、先ほどの青年の面影が脳裏にちらつき、瑛人はすぐに集中できなくなった。

もう一度、彼の顔を見たい。

一度だけでいいから。

一旦そう思い始めると、いても立ってもいられなくなる。

部屋を訪れたらきっと起こしてしまうし、もう少し寝かせておくべきだ。でも、どうしても見てみたい。

その二つの感情がせめぎ合い、瑛人はさらさらの髪を両手で掻き混ぜる。

突然、彼の手足を拭《ふ》こうと思いついた。

名案だ。これなら彼のことを堂々と見に行ける。

言い訳する相手など誰もいないが、そうでなくては、瑛人は自分の中で生まれた衝動を上手く処理できなかった。

洗面器にぬるめの湯を張り、タオルを手にした瑛人は再び仏間へ向かった。

青年はまだ眠っていた。

常夜灯の仄《ほの》かな光を頼りに、青年の顔の汚れを拭《ぬぐ》う。

「……」

ぴくりと青年の躰が動いたが、目を覚ます気配はない。

掛け布団からはみ出ていた手をざっと拭き、布団を捲って足先も清めてやった。

それから先をどうすればいいのか迷い、瑛人は彼の傍《かたわ》らに両膝を突いて、その作りものめいた精緻な面差しをじっと観察した。

やっぱり、綺麗だ。

どう見ても年上だし、二十代半ばくらいだろうか。

見つめていても、飽きることはない。

ぼやけた光の下で彼の寝顔を見つめているうちに胸苦しさを感じ、瑛人は眉を顰《ひそ》める。

「………」

何だろう、これは。

胸がざわめく。

躰の奥やそこかしこで何かが蠢《うごめ》き、押し寄せる感情が瑛人の心を揺るがせた。

今日も夢見は最悪だった。

「うー……」

だいたいにおいて、瑛人は夢見が悪い。

見る夢は気がかりなことだったり、全然覚えのない突飛なことだったりとさまざまで、今日の夢では瑛人は小学生だった。

小学校の裏手にある桜の木に登って桜桃を取っていた瑛人は、そこから真っ逆さまに転落してしまうのだ。

乾いた地面にどっと血が広がり、どす黒く染まる。

恐怖から泣きじゃくる瑛人は、実際にはどこも怪我をしていなかった。

あたりに飛び散った桜桃の赤が血を連想させたのか、あるいは落ちたショックで自分が怪我をしたと思い込んだのか。

もしかしたら、これは幼年期の記憶なのだろうか。

夢にしては、珍しく鮮明にそれらの場面が甦《よみがえ》ってきた。

朝の光が、ブラインドの隙間から漏れ入ってくる。

土曜日の午前九時過ぎ。

緊張感のある夢を見たせいか、深く眠った気がしない。

欠伸を噛み殺しつつセーターとスウェットという簡単な服装に着替え、まずは階下の仏間に向かう。仏様に挨拶をし、水を替えるために湯呑み茶碗を取りに行くのが第一の日課だったからだ。

襖を開けた瑛人は、その場で立《た》ち竦《すく》んだ。

薄暗い室内、布団に誰かが寝ている。

驚きに声を上げる寸前で、瑛人は昨日のことを思い出した。

昨晩、家の前で行き倒れていた青年を助けたのだ。

声をかけるか手を合わせるか迷い、瑛人は日課を優先した。

仏壇《ぶつだん》に手を合わせるだけなのに、後ろで寝ている青年が気になってしまう。

とりあえずお粥《かゆ》でも食べさせて、病院に行くか聞いてから出ていってもらおう。

「ッ！」

勢いよく何かが背中にぶつかってきて、瑛人は無防備にしていた声を上げた。

熱い。

「な、なに⁉」

背後から青年の腕が回され、驚愕《きょうがく》に心臓がばくんと震える。

そのまま凍りついていると、一度腕が離れ、今度は強引に振り返らされた。

身を乗り出した青年が、間近で瑛人を見つめる。

澄んだ瞳の色、これを何色というのだろう。

彼の双方の口角が上がり、薄い唇が笑みを象《かたど》った。

胸のあたりがぎゅっと痛くなる。

「会いたかった……」

え？

手を伸ばした青年が、いきなり瑛人の薄い背中を掻き抱いてくる。

病人とは思えない、強い力だった。

「あの……？」

相手の言葉の真意を測りかね、瑛人は間の抜けた声を発した。

彼は自分を知っていたのだろうか？

このように美しい青年は、瑛人の記憶のどこにもなかった。

熱で意識が混濁し、彼は瑛人をほかの誰かと間違えているのかもしれない。現に、彼の躰は厚地のセーターを隔《へだ》ててもわかるほどに、熱く火照《ほて》っている。

「あの、放してください…」

怖い。

見知らぬ他人に抱き締められることへの本能的な恐怖から、瑛人は男の腕の中でもがいたが、相手が離してくれる気配はまったくない。その事実にますます狼《ろう》狽《ばい》し、しつこくじたばたしても、彼は手を緩めてくれなかった。

「放してって言ってるんですけど！」

もう少し声のトーンを上げると、間近で青年の低音がやわらかく響いた。

「聞こえてる。じっとしてろよ」

「でも……」

怖くて声が震える。

「おまえを確かめてるんだ」

「へ？」

「おまえの熱……おまえの、匂い」

熱っぽい言葉を浴びせられ、瑛人は躰を強張らせた。

意味が、よくわからない。

硬直している瑛人の首に、熱い吐息が触れてくる。

どうすればいいのだろう。

彼はストーカーとか変質者とか、そういうたぐいの人間なのだろうか。

パニック寸前の瑛人の様子にやっと気づいたのか、青年が「悪い」と言って瑛人の肩を摑んで後ろに押す。

それでさえも名残を惜しむように、ゆっくりとした挙措だった。

　理解できずに硬直する瑛人を、彼は真摯《しんし》な顔つきで真正面から見据《みす》えてきた。

　金色だ。

　その目の不可思議な色を、瑛人は初めて認識した。

　黒髪だし日本語を話すので、考えるまでもなく日本人として接していたが、青年の目は琥珀《こはく》のように透き通っている。

　こんな不思議な色合いの瞳を見るのは初めてで、瑛人は畏怖にも似た感情を覚えた。

「俺のこと、知ってるだろ？」

　試すようでいながら、それでいて強引な口ぶりで聞かれ、瑛人はすぐさま首を横に振った。

「いいえ」

　その答えを聞いた青年が、表情を曇らせる。

「よく見ろ」

「知りません」

　ますます気味が悪くなり、瑛人は尖った声で答えた。

　行き倒れていたところを拾われたにしては、青年の口調はふてぶてしい。

　だいたい、この家の主の瑛人が敬語で相手が瑛人をおまえ呼ばわりなところからして、間違っている気がする。

「俺を見て、何か感じないか？　懐かしいとか、そういうの」

　青年の言葉がだんだん苛立ったものになるが、知らないものは知らないのだから仕方がない。

「悪いけど、全然です」

　こういうときは、はっきり言ったほうがいい。

　遠慮なく告げた瑛人を前に男は舌打ちをし、くすんで艶《つや》のない黒髪を鬱陶《うっとう》しそうに掻き上げた。

　くそ、と青年が吐き捨てる。

　理不尽な追及を受けたにもかかわらず、なぜか瑛人はいたたまれない気分になった。

「あなたこそ、誰なんですか？」

「……忘れてるんだな」

独白めいた言葉で遮《さえぎ》られて、瑛人は困惑するほかない。

「忘れてませんよ」

「ほんとか？」

青年が熱の籠《こ》もった瞳で、瑛人を見つめる。

気まずさに瑛人が目を逸《そ》らしてしまうほど、熱いまなざしだった。

「昨日、あなたはうちの前に行き倒れていました。そのことなら、ちゃんと覚えてます」

あれほどインパクトのある出会いが、世の中にそうあるとは思えない。

「そうじゃなくて、もっと前だ」

青年はどこか必死な様子で、瑛人に食い下がる。

「前？」

視線を上げ、瑛人は青年の端整な美貌を改めて見つめた。

見られることに慣れているのか、青年は瑛人の視線を厭《いと》う素振りはない。

忘れるなんて、あり得ない話だ。

相手は滅多にお目にかかれないような美形なのだ。

これほど印象的な人物は、一目見れば記憶にしっかり刻み込まれる。

細部の造作までは覚えていられずとも、見たという経験は記憶に残るはずだ。けれども、瑛人の記憶の中に彼の姿は片鱗《へんりん》すらなかった。

「………」

じっと青年を見つめると、その金色の瞳が瞬《まばた》き一つせずに瑛人を見つめ返す。

まるで蜂蜜《はちみつ》みたいに綺麗な、とろりとした色。

理不尽なことを言われているのに腹が立たないのは、この青年の持つ雰囲気のせいなのか、それとももっと別の何かなのか。

――だめだ、相手のペースに呑《の》まれては。

信用できる人物かどうか、まるでわからないのだ。

「俺は、凜《りん》だ」

鼓膜を震わせたのは、どこか懐かしくも優しい二つの音だった。

「りん？」

なぜだろう。すぐに「凜」という文字が、瑛人の脳裏に浮かぶ。

臨、琳、倫……同じ「りん」という字一つを取っても、さまざまな文字があるのに。

「凜とする、とかそういう凜だよ」

瑛人の想像は正解だった。

名前を手がかりに彼の記憶を辿《たど》れないか、瑛人は無意識に試みる。

「思い出したか？」

探るような強いまなざしが、瑛人の双眸《そうぼう》を射貫《いぬ》く。

こうやって見つめ合っていると、彼の言い分が真実で、瑛人が薄情にも青年を忘れてしまったような、そんな気分になる。

微動だにせずに目を凝《こ》らしているうちに、びくんと心臓が震えた。

「あっ！」

同時に頭に激痛が走り、瑛人は自分の頭を右手で軽く押さえる。

「瑛人？」

俊敏に上体を起こした青年が瑛人の名前を呼び、慌てて手を差し伸べた。大丈夫だと言いたかったが、頭が割れるように痛んで言葉にできない。異常な痛みに、全身に脂汗が滲《にじ》む。

それでも、思い出さなくてはいけない。

突然強くなったその気持ちと裏腹に、凄まじい痛みが思考を乱す。

「痛い……」

「おい、大丈夫か？」

痛い、痛い。イタイ……。

「瑛人！」

大声を出した青年に抱き寄せられて、苦痛に朦朧《もうろう》としかけた瑛人は顔を上げる。苦痛のため霞《かすみ》がかかったような頭を起こそうとしたが、躰に力が入らず、そのまま青年の胸に凭《もた》れかかった。

大きな掌で背中をさすられ、込み上げてくる安心感に目を閉じる。背中を撫でる規則的な動きに、痛みが次第に潮のようにすうっと引いていった。母が子供を撫でるような、そんな慈愛を感じさせる掌だった。

このままずっと、いつものように撫でてほしい。

安心、するから。

「まだ、痛いか？」

「…ううん」

誰かの心音の近さに、安心する。

しばらく脱力していた瑛人は、自分の体勢に気づいてはっとした。

「す、すみませんっ」

瑛人は急いで彼から躰を離し、膝だけで数十センチ後退《あとじさ》る。青年を警戒しているくせに、縋《すが》ってしまったのが恥ずかしかった。

瑛人の動きに、青年ははっとしたように目を見開く。悲しげな色が彼の顔を過《よ》ぎり、瑛人は胸を衝《つ》かれた。

「いや……いいんだ」

「え？」

反射的に問い返す声が、掠れた。

「覚えてるわけ、ないよな」

ひどくなげやりで何もかも諦めたような口調に、胸が抉《えぐ》られるように痛んだ。

「どういう、意味ですか」

「言葉どおりだよ」

心当たりがないというだけで、どうしてこんなにも彼が落胆しているのか、瑛人には見当もつかない。

「——とにかく、すみませんでした」

身に覚えのないことを責められているような気がして苛立《いらだ》たしいが、胸を借りたのは事実だ。そのことは謝っておかねばと思ったのだ。

もう一度深々と頭を下げた瑛人に、青年はため息をつくと「いいから、顔上げろよ」と告げる。

「そんな顔、させたかったわけじゃないんだ。おまえが悪いわけじゃないし」

諦めを感じさせる口調に、いつもは穏やかな瑛人もむっとした。

「あなたが何について言ってるのかわかりませんけど、でも、今度は大丈夫です。忘れたりしません。ちゃんと覚えましたから」

一息に言うと、それを聞いた青年が唇の端を歪めて笑う。

彼の皮肉の混じった表情を瑛人は見咎めた。

「笑われるようなこと、言いましたか？」

「自信、ないんだろ」

自信があるないの問題ではない。健忘症ではないのだから、そうそう人を忘れたりしない。

「あります。あなたこそ……」

挑戦的な口調で言ってから、瑛人は自分が名乗っていなかったことを唐突に思い出した。

先ほど名前を呼ばれたように思ったが、気のせいだろうか。

「えっと、僕は、佐倉瑛人です。凜さん……」

発音しづらくて噛んでしまうと、青年が「凜でいい」と言ったので、瑛人はそれに甘えることにした。

凜、と呼んだときの彼が嬉しそうだったせいもある。

「すみません、あなたの苗字は？」

謝る必要はないのだが、彼の漂わせる不穏な空気に威圧され、つい下手に出てしまう。

「ない」

彼はぶっきらぼうに言い切ると、立てた右膝を両手で抱えるようにして俯《うつむ》いた。先ほどまでの不遜な物言いに似合わない、子供じみた仕種だった。

「ない？」

「ないんだ。それじゃだめか？」

「だめに決まっています」

見ず知らずの相手を家に上げたのだから、必要最低限の情報を知っておきたい。

「常識人だな、おまえ」

「そういう問題じゃありません」

「それなら、言いたくない」

凜の言い分に納得できるわけがないが、臍《へそ》を曲げた相手から話を聞くのも面倒だ。

どのみち病院に行くことになれば、自分で申告するだろう。

それから瑛人は、大事なことに気づいた。

「ちょっといいですか」

「ん？」

「具合はどうですか？　さっきも躰、熱かったし……わ！」

言いながら改めて凜の額に触れると、あまりの熱さに驚いてしまう。彼はくすぐったそうな顔をしたが、それに和《なご》むことはできない。

「気持ちいいから、もっと触ってくれよ」

瑛人の気持ちも知らずに、凜は心地よさそうに目を細めている。

「だめです」

「何で」

子供みたいに問われて、瑛人はため息をつきたくなった。

「この熱なら、おとなしく寝ててください。それに、薬を買ってこないと。うち、何もないんです」

「そんなもの必要ないよ」

「いけません」

瑛人が毅然と言うと、凜は微かに目を瞠《みは》った。

「お節介だな」

「あなたは病人です。言うことを聞いてください」

瑛人が医師を目指しているのは、単なる思いつきではない。きちんと目的があるのだ。

「ちゃんと横になって」

「また触ってくれるならな」

妙なことを条件にされたが、凜が納得してくれたならそれでいい。どうせすぐに忘れるだろう。

「病院は、やっぱり嫌ですか？」

できれば厄介ごとには関わりたくない。警察に通報するなり病院に連れていくなりすれば、これ以上の面倒を回避できるはずだ。

なのに。

「嫌だな。俺は病院に行くためじゃなくて、おまえに会うために来たんだ」

「僕に会うために？」

「そうだ。今度こそ、おまえを俺のものにするために来た」

　告げられた言葉に驚いたが、それ以上に彼の澄んだ目に吸い込まれてしまいそうで、瑛人はそのまま相手の瞳を見つめ返すことしかできない。

　この目に、囚《とら》われてしまいそうだ。

　そのせいだろうか。

　凛に病院を無理強いできなかった。それどころか、彼の言葉に従い、その願いを聞き届けてあげたくなる。

　その理由が、自分でもわからなかった。

　とりあえず、今日は粥でも雑炊でも食べさせて、解熱剤を服用させよう。それでも熱が下がらなかったら、有無を言わせず病院に連れていこう。

「どこに行く気だ？」

　立ち上がろうと床についた瑛人の手首を、凛が咄嗟に掴んだ。

　病人とは思えない、素早い動きだった。

「買い物です。解熱剤、うちにはないから」

「ならいい」

　ぶっきらぼうに答えると凛は目を閉じた。彼の手からふっと力が抜けて右手が自由になる。瑛人は安堵と同時にもどかしさに似たものを感じて、眉を顰めた。

「何か食べたいもの、ありますか？」

「桃」

　返事はないだろうと思って声をかけたが、意外にもはっきりした答えがあった。

「桃？」

　この季節に桃が食べたいのだろうか。

「桃缶と……蜜柑《みかん》……」

　凛の要望が桃と蜜柑の缶詰とわかり、瑛人は思わず嬉しくなる。自分が体調が悪くなったときに欲しくなるものと、まったく同じだったからだ。

　部屋を出ようとした瑛人は、仏壇に供えた湯呑み茶碗を持っていないことを思い出す。

　手を合わせて両親に祈り、襖を閉めて外に出ると、いつからいたのか、仏間の前でモモが座っていた。

「中、入りたい？」

　モモは違うとでも言いたげに小さく喉を鳴らし、瑛人の足首に顔を擦り寄せる。

　くんくんと匂いを嗅《か》いでいる様子は、まるで何かの残り香を確認しているようにも見えた。


　コーンフレークとコーヒーで朝食をすませ、瑛人は買い物のために家を出た。

　缶詰はコンビニエンスストアにも売っているが、どうせならばとスーパーマーケットへ足を延ばした。

「えーと……」

　よく考えれば、誰かのために買い物に出かけること自体が久しぶりだった。こうして何を買うか吟味するのも楽しく、黄桃にするか白桃にするか迷ったりもした。缶詰だけでなく、みずみずしい果物と、ヨーグルトプリンも籠《かご》に入れた。ゼリーよりこちらのほうがいい気がしたからだ。

　茶碗蒸しはできあいのものより、自分で作ったほうが絶対に美味《おい》しいだろう。そんなことを考えながら銀杏《ぎんなん》の水煮などを入れていくうちに、オレンジ色の籠はずしりと重くなった。

　スーパーのあとはドラッグストアに立ち寄り、解熱剤を購入する。いつもよりも多く買い込んだので、荷物が手に食い込むように重かった。

「ただいま」

　玄関先で声をかけてみたものの、当然、返答はない。おかえりという返事を無意識のうちに期待していたので、瑛人は少しだけがっかりした。

　仏間の襖の前では、モモがくるんと丸くなっている。

「入る？」

　襖を開けて小声で問うたが、モモはごろごろと喉を鳴らすに留《とど》め、冷えた廊下から動こうとしない。

その傍《かたわ》らを通り過ぎて、瑛人は静かに中に入る。凛はまだ眠っているようだった。

「…………」

口を開けて荒く呼吸し、かなり苦しそうだ。額のタオルが枕元に落ちていた。

出かける前に枕元に出しておいた雑炊は、半分ほど減っていた。やっとこの青い茶碗の使い道を見つけた気がして嬉しかったが、そんなことより凛に食欲がないのが心配だった。

瑛人が家を出たときよりも、だいぶ具合が悪くなっているみたいだ。買い物は後回しにし、そばにいたほうがよかったかもしれない。ネットスーパーを使うとか、凛から離れずにすむ方法はあったからだ。

「あ」

突然、凛がぶるっと躰を震わせた。

膚《はだ》はますます蒼くなり、額やこめかみにはびっしりと汗が滲む。

「凛」

その場に膝をついて呼びかけたものの、返事はない。凛は唸《うな》りながら苦しげに躰を丸めた。

端整な凛の面差しに似合わぬ、獣じみた声だった。苦しいようだが、起こすべきなのだろうか。

タオルをもう一度額に載せようと、瑛人が凛に手を伸ばそうとした途端、彼の躰が再び大きく動いた。

「あっ」

驚いて手を引っ込めた瑛人は、彼が小刻みに震えていることに気づく。

痙攣《けいれん》しているのだろうか。

「り…」

布が裂ける耳障《みみざわ》りな音が響く。

凛のTシャツが破れ、その躰が大きく撓《たわ》む。

弾《はじ》ける。

異常な光景が、まるでコマ落としのようにゆっくりと見える。

「凛！」

叫んだ瞬間、軋《きし》むように心臓が激しく痛んだ。

瑛人は思わず自分の胸を押さえ、その場に丸くうずくまる。

汗がどっと噴き出してきた。

それでも何とか激痛を堪《こら》えて顔を上げると、凛の姿がない。

「嘘……」

そこには凛ではないものがいた。

今し方まで寝ていた凛とは似ても似つかない、黒い獣が。

窮屈《きゅうくつ》そうにTシャツやデニムの残骸《ざんがい》と格闘する獣は数回目でついにTシャツを破るのに成功し、同様に鋭い爪でデニムを引き裂いた。

猫科のその生き物を、瑛人は知っている。

テレビや図鑑の中でしか見たことがなかったが、これは——黒豹《くろひょう》だ。

先ほどまで見えていた白くなめらかな膚は、黒く短い体毛に覆われていた。

「あの……凛……？」

我ながら間抜けな問いかけだった。

けれども、瑛人にはこれが凛だという直感はあった。

目の前で変身したのだから間違いはないのだが、それとは無関係に、この獣こそが凛だと思えたのだ。

振り向いた黒豹の目は炯々《けいけい》と光り、今朝目にした凛の金色の瞳を思い起こさせた。

見惚《みほ》れてしまう。

魂を抜かれるというのは、こういうことなのかもしれない。

目を奪われたまま、身動《みじろ》ぎ一つ叶わない。

「…………」

無論、猛獣に対する本能的な恐怖は消しようがない。

しかし、それ以上に強いのは感動だった。

綺麗だと思った。

真っ黒な毛並みは艶があり、短い毛に触れたときの感触を知りたくなる。

だけど、どうしても躰が動かない。

黒豹が前肢《まえあし》を一歩踏み出す。

両膝を突き、凍りついたようにその場に座り込む瑛人のもとに、豹がもう一歩踏み出す。

足音もなく近づいてくる黒豹は尻尾を左右に振り、とても優雅に見えた。

その姿に見蕩《みと》れる瑛人の心臓は、破裂しそうなほどの勢いで脈打っている。

「凜…」

ささやかな声は、彼に届かないようだ。

足を止めた黒豹が、のっそりと顔を擦り寄せてくる。

食われる。

喉に嚙みつき、この黒豹は自分を肉と言わず骨と言わず瑛人のすべてを喰らってしまうだろう。

骨を嚙み砕き、磨り潰され、咀嚼《そしゃく》されるのだ。

この美しい黒豹の牙にかかり、食い殺される。

それもいいのかもしれない。

この世の中に、未練はない。

死ぬ間際になってもう一度会いたいと思う相手も、己の死を嘆くような家族も友人もいない。

そう……何もない。

乾いた砂地に水が一滴落ちるように、躰の中に甘く痺れるようなものが広がっていく。

死を前にした一種の恍惚《こうこつ》に近いのかもしれない。

「………」

黒豹は瑛人の胸のあたりに顔を寄せて匂いを嗅ぐと、濡れた鼻面を頬に押しつけてきた。

「！」

ざらざらとした熱く大きな舌が、瑛人の顎をなぞる。

心臓が止まるかと思った。

しかし黒豹はそれ以上のことはせずに、円を描くように躰を丸めて目を閉じる。

一種の膠着状態《こうちゃくじょうたい》だった。下手に動けば飛びかかられて、嚙み殺されるかもしれない。

黒豹が起き上がる兆しはない。

その傍らに腰を下ろし、瑛人はやがて緩やかに緊張を解いていく。

逃げるべきだと思うが、身動きして黒豹に襲われたらと思うと、それもまた怖くてできない。

休んでいるあいだに張り詰めた糸がふっつりと切れ、意識が遠のいた。


——怖くないよ、母さん。だって知ってるもの。僕を傷つけたりしないって。

「ん…」

唐突に畳の固さを意識し、瑛人は両手をついてのろのろと身を起こした。

また、夢を見た。

子供の頃に、大きな黒猫と遊んだ夢。

大きな猫だと言ったら、母は違うわよ、と笑った。

その子は猫じゃなくて……何だろう？

母は何だと言ったのだろう。思い出せない。

ともあれ、夢には久しぶりに母が出てきて、それが嬉しかった。

凜が家にいるから、緊張して眠りが浅いのだろうか。

まだくっつきたがっている目を擦り、伸びをした瑛人は視線の先にあるものにぎょっとした。

布団の上では、全裸の凜が胎児のように丸くなっていたからだ。

数時間前の異常な現象が夢でなかった証《あかし》に、凜の周囲には破れたTシャツやデニムの残骸が散らばっていた。

拾い上げたTシャツは引きちぎられ、刃物というよりも、何か物理的に強い力をかけられたのが一目瞭然だった。

さっき、目の前で起きたできごとは夢ではなかった。認め難いことだが、凜は黒豹に変身し、瑛人の知らないうちに人間に戻ったらしい。

身動ぎした凜が寝たままくしゃみをしたので、瑛人は慌てて彼に近づいた。布団をかけようとしたものの、引っ張ったくらいでは掛け布団を引き出せない。

「凜」

仕方なく裸の肩に手をかけて彼を揺すると、「ん？」

と凜が寝ぼけた様子で顔を上げる。

「なに、瑛人」

ぶっきらぼうな口調。不機嫌そうなまなざしは鋭く、光る金の瞳に射殺《いころ》されそうだ。

「ええと……」

いざとなると何を言えばいいのか、瑛人は迷った。

「服は」

「え？　……ああ」

小さく伸びをした凜は自分の手足を検分し、そして布団の上に散らばっていた布きれを拾って顔をしかめた。

「悪いけど、何か貸してくれ」

「服を？」

わかっていたのだが、結論を引き延ばしたくて何となく問い返してしまう。

今の信じられないできごとに触れるのが、怖かった。

「そう。おまえが気にしないなら、俺は裸でもいいけど」

凜は大きく欠伸をし、布団の上で胡坐《あぐら》をかく。目のやり場に困ったものの、ここで部屋を出たら肝心なことを聞きそびれてしまう気がした。

「――あの」

意を決した瑛人の顔は強張《こわば》り、上手く唇が動かない。

「ん？」

とりあえず毛布にくるまった彼が、疑問を示す。

「さっき……ここに、何かいませんでしたか？」

「何かって？」

「黒い……動物というか……」

往生際が悪い自覚はあったが、瑛人にはまだあれが黒豹だとは信じられなかったのだ。

「あれは豹だ」

瑛人の疑問を一刀両断するかのように、彼はあっさり断言した。

「え……」

毛布を肩に被ったまま、凜がぎらぎら光る目で瑛人を見つめる。

同じだ。

先ほどここにいた、あの獣の瞳と。

「まだ、思い出さないのか」

唐突に腕を掴まれ、瑛人は大きく目を見開く。

その指には爪などないのに、指が肉に食い込むみたいだ……。

「瑛人！」

声を荒らげた凛が、瑛人をぐっと押し倒した。

掴まれた腕が、畳に押しつけられた背中が、痛い。

何よりも凛の必死すぎる視線が、刃のように鋭くて。

「ほ、本当に、知らないんです。知ってたら言います」

顔が近い。

吐息が鼻の頭に触れ、怖くて汗ばんだ。

「俺が豹になったのを見ても、何も思わないのか」

「――びっくりしました」

それ以外に、どう言えばいいのかわからない。

「そうじゃない。そうじゃなくて！」

凛はさも焦《じ》れったそうに声を上げる。

変身のプロセスを見てしまったものの、それを現実として受け止められるかと問われれば別だ。

「そういう意味でなら……信じられないです」

それまでの常識を覆されるのが、怖かったのだ。

「……まさか、それだけじゃないよな？」

どこか淋しそうな様子で、彼は口許を歪めて笑った。

それだけだと言うと凛を傷つけるような気がして、瑛人は戸惑ったまま口を閉ざす。

凛は何かを思い出してほしそうだが、瑛人にはどうしても思い出せない。何よりも、無理に思い出そうとすればあの頭痛に襲われるのではないかと、瑛人は不安だった。できることなら、同じ痛みを二度と味わいたくはない。

「…………」

無言の返答にすべてを読み取ったらしく、腕を掴む力が緩む。凛は瑛人から身を離して、どさりと布団に腰を下ろした。

「それだけ、か」

瑛人の言葉を凜が代弁した。

やりきれないとでも言いたげな苦しげな笑みに、瑛人の心が傾ぐ。

凜に出会ったときから、何かがおかしかった。

自分自身をぐらぐらと揺さぶられることに疲れ、瑛人は何も言えなくなって畳に視線を落とした。

瑛人はしばし黙っていたが、沈黙が痛くなってついに口を開く。

「驚くのは、当然だと思います」

「そうか？　言うほど驚いてないみたいだけど」

鋭い質問に、ぎくりとする。瑛人自身、自分のそんな態度に驚いていたからだ。

「……驚きすぎて上手く表現できないんです」

「そうかもな」

ため息をつき、凜は長い髪を掻き上げて捨て鉢な口調で続けた。

「常識で考えたら、あり得ないと思うのはわかる。けど、俺がああやって豹になれるのは自然なんだ」

「でも」

「俺たちから見れば、変身できないほうがおかしいけどな」

凜の言葉から彼に仲間がいることを察し、瑛人はまた驚く。

「安心しろ。豹になっても、意識があるときは人間を襲ったりしない。敵じゃなければ、大丈夫だ」

凜はどこか自嘲気味に言って、瑛人から視線を逸らした。

瑛人は凜が黒豹になることを信じられないと言った。あの言葉が、彼を傷つけてしまったのかもしれない。

「今は体調が悪くて、あまり自分をコントロールできない。さっきだって変身するつもりはなかったんだ」

そういえばさっき黒豹に変身したとき、凜の理性は失われていたようだ。

「俺が怖いか？」

金色の目が、爛々《らんらん》と光る。

瑛人の真意を探るように。

「わかりません。でも……」

開いた唇が乾き、粘ついて、上手く音を紡《つむ》げない。

「何だ？」

「桃缶でいいんですか？　豹は肉食なのに」

「は？」

率直な瑛人の言葉を聞いて、凜は目を丸くする。

いきなり凜が噴きだし、そのまま笑いだした。

先ほどまでの緊迫したやりとりが嘘のように、凜は肩を震わせて爆笑している。

「な、なに？」

「いや、おまえ……やっぱり天然だな」

「天然って……」

「可愛いよ、そういうの」

「か」

今までほとんど聞いたことのない種類の誉め言葉に、顔に火が点いたように熱くなってきた。

「だ、だから、名前以外のことは何も教えてくれないんですか？」

「ん？」

「本当のことを言ったら泡になっちゃうとか、そういう理由で、わざわざ僕に何か思い出させようとしてるんですか？」

つっかえつっかえ瑛人が問うと、凜は小さく肩を竦めた。

「意外とロマンティストだな、おまえ。泡って人魚姫じゃあるまいし」

確かに、こんなに逞《たくま》しい人魚姫はいないだろう。だけど、ロマンティストというのは当たっているかもしれない。

生涯で唯一の出会いを待ち望んでいるくらいなのだから。

「おまえの中に、俺っていう存在が残ってたら思い出せるはずだ。完全に消えているなら、――俺はおまえを諦めなくちゃいけない」

息が詰まりそうなほどの熱い視線で見つめられて、瑛人は戸惑った。

このままでは完全に凛のペースに巻き込まれてしまいそうで、怖くなる。

瑛人はがばりと勢いよく立ち上がり、話を強引に中断した。

「僕、何か着るものを買ってきます」

「服？　そんなの、あるものでいいよ」

「サイズ、違いすぎますよ」

残念ながら瑛人の服でも、亡父の服でも間に合いそうにない。

「そうか。悪いな」

「いいんです。気にしないでください」

これ以上凛に見つめられるのはいたたまれず、瑛人はくるりと背を向ける。どこの店に行くかを考えながら立ち上がる瑛人の背中を、凛がじっと見つめている気配がする。

そのとき、凛の腹の虫が騒ぎだす音が耳に届いた。

「あ！」

「何だよ」

「缶詰と一緒にプリン買ってきたんです。どっちか食べませんか？」

「プリン？」

振り返って明るく提案すると、凛が反応を示した。

「甘いの、嫌いですか？　ヨーグルトプリンなんですけど」

もしかして嫌いだったろうかと不安になりつつ、瑛人は説明を加える。

「…いや」

一瞬、凛の表情に怪訝《けげん》そうなものが浮かび、瑛人は失敗しただろうかと心配になった。

「嫌いでしたか？　牛乳、だめとか？」

単なる好き嫌いか、それともアレルギーでもあるのだろうか。

「逆だよ」

凛が白い歯を見せて破顔する。

「逆？」

「俺の好きなもの、覚えててくれたんだな」

弾んだ声からは、隠しきれない喜びが滲んでいた。

そうじゃないと言いたかったけれど、普段は手に取らないヨーグルトプリンをごく自然に選んでしまったことは、自分でも説明ができず、何も言えなかった。


いつもとは違う朝が、またやってきた。

日曜日だというのに寝坊もせずに起きだした瑛人は、顔を洗ってから仏間へ向かう。

モモは長い尻尾を振りながら、廊下で瑛人を待っていた。凛が現れた夜から、モモは仏間の前にいることが多くなった。

「おまえ、どうしたの?」

甘ったれるようにモモは一度鳴いたものの、そこから動こうとはしなかった。

両親に手を合わせてから、まだ眠っている凛に近寄って熱を測る。

凛の額に載せたタオルは、だいぶ水気を失っている。

それを外して触れてみると、凛の体温は昨日よりも平熱に近いようで、そのことに瑛人は密かに安堵した。

手を離そうとしたそのとき、凛が素早く動いた。

「わっ」

はしっと腕を摑まれて、瑛人は驚きに肩を震わせた。

「もっと触ってくれよ」

寝ぼけているのだろうか。

凛の声はやわらかく、そして甘い。

そのせいか、心臓がどきどきしてきた。

「もっと?」

「昨日、約束したろ」

そういえばそんなことも言ったと、瑛人は頷いた。

あの他愛ない約束を、凛が覚えているとは思わなかったのだ。

「いいけど…どう触ればいいのか、わかりません」

「なら、俺に触らせるか?」

「えっ」

上体を起こした凛が瑛人の腕を握り締めたまま、自分の頬に近づけていく。

「凜……それじゃ」

「何だよ」

「触らせてるっていうのと、少し違うと思います」

匂いを嗅いでいるとか、もっと動物的な印象を受けた。

「そうか？」

凜がおかしそうに笑うので、瑛人は息をつく。

前日のなげやりな雰囲気が薄れたようで、少しだけほっとする。あのときの凜はぴりぴりしていて、どこか怖かったからだ。

昨日はあれから再度買い物に出かけ、上下で一九八〇円の特売のスウェットを買ってきた。安物の服なのに、こうして凜が着るとさまになっている。美形は得だと、瑛人は的外れなことを考えていた。

「お風呂、入りますか？　躰を拭くだけでいいなら、蒸しタオルを用意しますけど」

そのままでは気持ち悪いだろうと言外の意味を込めて言ってみたが、無言のまま凜がかたちのよい眉を顰め、眉間《みけん》にはっきりと皺《しわ》を作った。

「お風呂、嫌いですか？」

「嫌いってわけじゃないけど、濡れるからな」

風呂なのだから、濡れるのは当然だ。それが好きじゃないなんて、豹というより猫みたいだ。そんな連想をしたものの、瑛人は軽口を言うのは控えた。

黒豹に変身できることを、凜がどう思っているのかはわからない。軽々しく扱ってはいけないことのように思えた。

「――凜」

「ん？」

思いの外、思い詰めた声で呼びかけてしまう。それを読み取ったのか、凜は表情を曇《くも》らせる。

「凜は人間ですか？　それとも豹なんですか？」

その質問はかなり不躾《ぶしつけ》なものだったせいか、凜が沈黙した。

失敗したかもしれない。

聞いてはならない質問だったのだろうか。

どうして門前で倒れていたのかも問いたかったが、この雰囲気ではそれも聞きそびれてしまいそうだ。

「俺はヒトだと思ってる。けど、ヒトじゃないと考えるやつもいる」

硬い声音で紡がれる言葉は、ひどく冷淡だった。

「豹ってこと?」

「化け物だ」

端的な答えに、胃の奥がじわっと冷えてきたような気がして瑛人は俯いた。

「おまえにも、化け物に見えるか?」

「まさか」

彼の声があまりにも淋しげに響いたので、瑛人は思わず首を横に振っていた。

警戒する気持ちは、まだ残っている。

けれども、凜が時折見せる瑛人への親愛にも似たものや、その謎めいた素振りが瑛人を惑わせていた。

「……優しいんだな」

呟いた凜が手を伸ばし、瑛人の指に触れる。

「どこが」

「怖がってるくせに、必死で俺のことを理解しようとしてるところが。ほんとは、俺のこと気持ち悪いって思ってもおかしくないのに」

「驚いてはいるけど、気持ち悪くはないです」

どうしても、気になる。

相手は、凜なのだ。凜だから気になってしまう。

そんな理由ではだめなのだろうか?

「本当に、いつでも豹になれるんですか?」

「なれるよ」

さらりと凜が答える。

「どうやって」

「どうって……豹になろうと思うんだ」

改めて興味を持った瑛人が追及すると、彼はこともなげに口を開く。こんな質問なんて何十回、何百回と受けているとでも言いたげに。

「それだけ?」

「どうしてって、知りたいからです」

そんなごく当たり前なことを問われ、瑛人のほうが頭を捻《ひね》る。

「俺のこと、少しは知りたいと思ってるのか？」

確認するような凜の台詞《せりふ》は、あながち間違ってはいない。

「……たぶん」

瑛人はもともと積極的なほうではないし、果敢《かかん》に謎に立ち向かうタイプでもない。どちらかといえば、人には人の生き方があると、最初から自分で線を引いて相手に立ち入らないタイプだ。

なのに、凜は別だ。

そもそも凜のように謎に満ちた存在と出会って、好奇心を刺激されないほうがおかしいのだ。

「よかった」

打って変わって明るく笑った凜は、いきなり瑛人をぎゅっと抱き締めてくる。

「凜！」

瑛人は拍子抜けてしてしまう。

凜は嘘をついているのではないだろうか。

「あとは、ものすごく追い詰められたときだな。とにかく逃げなくちゃまずいときとか、速く走りたいと思ったときとかは自然と豹になる」

「昨日はそうは見えなかったけど？」

「あれは、苦しかったせいだ。体調が悪いときは豹でいるほうが楽なんだ」

説明を終えてつまらなそうに笑った凜は、すかさず瑛人の頬に触れてきた。昨日から思っていたのだが、こうしてあちこちに触れるのは彼の癖なのだろうか。

男が男にするにしてはやけに馴れ馴れしいけれど、振り払う気になれないのが、自分でも不思議だった。

実際に、不愉快ではない。

とはいえ、凜の言葉や行動のひとつひとつに動揺したりはらはらしたりと忙しくて、振り回されているのだと実感してしまう。

「どうしてそんなことを聞くんだ？」

狼狽に声が揺らいだ。

凜の体温が、近い。

「変身するのを知られたら、おまえに拒まれるかもしれないって思って……ちょっと怖かった」

躊躇《ためら》いがちな凜の言葉に、瑛人は目を瞠った。

変身という現実を受け容れはしたが、凜がどうしてここに来たかは未《いま》だにわからないままだ。

ほんのわずかな歩み寄りで、こんなに喜ばれても困ってしまう。

それに、ここまで元気になったのであれば、彼に出ていってもらうのが自然だ。なのに、凜にそう切りだすのを躊躇う自分がいた。

「家に泊めたのは、不可抗力です」

「それだけじゃないはずだ」

では、ほかに何があるというのだろう。

考えを巡らせる瑛人に、凜が嬉しげに微笑みかける。

「とりあえず、風呂、借りれるか」

「どうぞ。こっちです」

「いい、知ってるから」

「あ……そうですか」

トイレに行くときにでも確かめたのだろうか。

疑問に思いつつも、バスタオルや何かを出さなくてはいけないと、瑛人は凜と共に脱衣所へ向かう。

「何だ、俺の裸、見たいのか？」

こちらを見下ろす凜に悪戯っぽく言われて、瑛人は「まさか」と笑った。

「飽きるほど見ましたよ」

「…！」

その言葉に凜は弾かれたように顔を上げ、瑛人の右の二の腕を摑んだ。

爪が食い込みそうなほどの強さに、顔をしかめる。

「思い出したのか」

切迫した口調だった。

「何を？」

反射的に問う瑛人を穴が空きそうなほどじっと見つめたあと、凜は力なく首を横に振った。

「……いや」

諦念《ていねん》を滲ませる言葉に、彼がまたなげやりになってしまったのかと、瑛人は不安に駆られた。

「もうわかったから、行ってくれ」

「……はいっ」

瑛人はリビングへ向かい、ソファに腰を下ろした。

ここ二日、凛が口にしたのは雑炊と果物の缶詰くらいだ。今日はもう少し固形物に近くてもいいだろう。

スマートフォンでネット上のレシピ集にアクセスし、瑛人は寄せ鍋にしようと決めた。具材は魚介中心にすれば、胃腸への負担もそう大きくはない。

必要な食材を保存したあと、手持ちぶさたになったので、明日の授業の予習をしておこうと思いついた。

英語Ⅲのテキストを電子辞書を片手に読み始めると、その膝の上にモモが乗ってきた。

あたたかいけど重いし、それに少しばかり邪魔だ。

躰を動かしてどかそうとしたとき、モモが突然全身を固くした。

「モモ？」

「瑛人」

入浴を終えた凛が、上半身裸でリビングに来たところだった。

「風呂、すんだ」

「あ……はい」

モモは躰を強張らせたまま、瑛人の膝の上に乗っている。

「邪魔だな」

近寄ってきた凛の髪から落ちた雫《しずく》が、ぽつりとモモの背中に垂れた。

「何が？」

凛がぱっと手を伸ばし、モモの首根っこを摑む。

「痛っ」

悲鳴を上げたのは、瑛人のほうだった。

引《ひ》き剝《は》がされそうになったモモが、瑛人のデニムにぎゅっと爪を立てたのだ。

鋭い爪の尖端《せんたん》が、腿にまで食い込む。

「おまえ、生意気なんだよ。離れろって」

凛はひどく不機嫌そうに言い放つ。

その言葉は瑛人ではなく、モモに対して発されたものだった。

「凛⁉　わ、待って、痛い……モモ、痛いよ」

最初の呼びかけは凛に対するものだったが、すぐにそれはモモへの抗議に変わった。

モモは威嚇の唸り声を上げ、尻尾を膨らませて凛を睨《にら》むが、あえなく排除されてしまう。

「どうしてこいつがおまえの膝の上にいるんだよ」

「この頃、ちゃんと面倒見られなかったし」

「おまえの膝に別のやつがいるなんて、気に食わない」

憤然と言った凛は、身を屈めてモモを床に放り出す。

それから瑛人の視線に気づいたらしく、口を噤《つぐ》んだ。

「別のやつって、モモは猫だよ」

これでは動物の縄張り争いだ。

それに、いくら凛が黒豹になったとしても大きすぎて膝に乗れないはずだ。

凛の注意は逸れたが、モモは留まるのも得策ではないと思い直したのか、ダイニングへ小走りで行ってしまった。

「ここ、間違ってる」

突然、視線を落とした凛がそう指摘した。

「え？」

「訳だよ。この単語見落としてるだろ。これはイディオムだから、全然違う意味になる」

凛の細い指が瑛人のテキストの一点を指さす。その下に書き込んだ対訳が間違っているのだという指摘に再度目を通すと、意味がよくわからないと思いつつも流していたところだった。

「あ、ありがとうございます」

「たいしたことじゃない」

「英語得意なんですか？」

見ただけで間違いがわかるのは、瑛人にしてみれば尊敬できるレベルだ。

「まあな。語学はひととおり使うんだ」

「仕事で？」

「そ」

それきり、沈黙が訪れる。

今夜のうちに、凜に家を出てほしいと言わなくてはいけない。

明日は月曜日で、瑛人は学校もアルバイトもある。得体の知れない相手を、このまま家に置くわけにはいかなかった。

「——悪かったな」

凜は腕組みをしたまま明後日の方角を見やり、さして悪いとも思ってもいない調子で言った。

「何が？」

突然の謝罪に、瑛人はきょとんとする。

「せっかくの週末に、俺の世話をさせて。普通デートとかあるだろ」

「まさか」

凜が見当違いの心配をしているので、瑛人は笑いながら首を振った。

そんな相手がいたら、今頃きっと凜のことを相談していただろう。

「恋人、いないのか？」

「いなくたって、生きていけます。凜こそいないんですか？」

凜が拍子抜けした様子なので、つい可愛げのない口調で切り返してしまう。

「俺？」

「そうです。こんなところで倒れてて、心配する家族とか、彼女とか、いるんじゃないですか？」

「いないよ」

瑛人と同じく、即答だった。

「誰もいない。そんな相手」

「凜も、彼女がいなくても生きていけるタイプなんですか？」

あまりに意外だったので、思わず追及を重ねる。

「そうじゃない」

凜は簡潔に答えた。

「逆だよ。いないと生きていけないんだ」

想像とは真逆の言葉に、瑛人は瞠目《どうもく》する。

「俺は一生に一人しかいらない。ずっと前に俺の半身はおまえだって決めたから、おまえ以外のやつは、意味がない」

思いがけず熱い告白に、瑛人は躊躇《ちゅうちょ》するほかなかった。

凛のような容姿の持ち主であれば、それこそ恋人がいない期間のほうが短いだろう。なのに、どうしてよりによって出会ったばかりの、しかも同性の瑛人にそんなことを口にするのだろう。

「……僕は、男なのに？」

「そんなことはどうでもいい。俺に好かれるの、迷惑か？」

他人から熱烈な好意を寄せられてどう感じるかは、自分が相手に好悪のどちらの感情を抱いているかに左右される。

凛の激しいほどの自分への好意の理由は不可解だったが、不愉快ではない。

でも、受け容れるのは無理だ。

明日から自分は、現実に戻らなくてはいけない。

「あの」

「ん？」

とうとう瑛人は、心に決めていた言葉を口にした。

「明日、僕、一限からなんです」

「うん」

「だから、その……」

「留守番しててほしいのか？」

「そうじゃなくて」

瑛人が口籠もると、凛は不審げな顔になる。

彼の髪から落ちた水滴が、まるで宝石のように煌《きら》めきながら床に着地した。

「元気になったのなら、もううちに泊まる理由もないでしょう？」

沈黙したのは、凛がおそらく瑛人の意図を察したからだろう。

「すみません」

どうして自分が謝らなくてはいけないのか。

でも、そうしなければいけない気がして、瑛人はソファに腰を下ろしたまま深々と頭を下げた。

「――やっぱり、突然豹になるようなやつなんて、そばに置けないか？」

「いえ…」

「俺はちゃんと自分をコントロールできる。おまえに迷惑をかけたりしない。もう少し、ここにいたいんだ」

論点はそこではなかった。

どう説明しようかと悩む瑛人の目の前で、凛がいきなり自分の肩にかけていたバスタオルを投げ捨てた。

「凛？」

「見てろ」

凛がついでスウェットにも指をかけたので、瑛人は慌てて両手で目を塞ぐ。それでもおそるおそる瞼《まぶた》を上げ、いったい何ごとかと指の隙間から凛を観察すると、こちらに背を向けた彼のなめらかな肢体が目に入った。

凛の躰が一瞬大きく震え、魔法でもかけられているかのように目の前の人体が変形していく。

瑛人は思わず手を下ろし、その過程に見惚れた。

骨格が歪み、彼の青みがかったように白い皮膚が短毛で覆われた黒豹のそれになるのを眼前にし、自然に手を下ろした瑛人は感嘆の息を吐いた。

何度見ても、飽きることはない。

美しい、完成された野生の獣。

「すごい」

思わず呟き、こわごわ手を伸ばす。

黒豹の頭に手を置くと、短い体毛が掌《てのひら》に触れる。その特有の感触が心地よい。

頭をそっと数回撫でてからその場に膝をついて顔を見ると、黒豹は目を細めて喉を鳴らしている。

昨日と違い、今回は余裕があったので前回ほどの驚きはない。

可愛い。何だか、大きな猫みたいだ。

こんな体験、動物園やサファリパークにいたってできないだろう。瑛人自身、夢みたいだと思う。

そう考えると嬉しくなり、瑛人はもっと大胆に両手で黒豹の頬のあたりや喉を撫でた。

「気持ちいい……」

黒豹の顔に自分の額を押しつける。凜であればここまで大胆な仕種はできないものの、相手が動物だということが瑛人の感覚を狂わせた。普段モモにそうしているように、凜に接してしまったのだ。

「ッ」

次の瞬間、世界が反転した。

瑛人は激しい衝撃を受け、フローリングの床の上にはね飛ばされていた。

凜が胸に飛びかかってきたのだと認識するまで、一瞬の間を要する。

「凜……」

突かれた胸が、そして、打ちつけた背中が痛み、一瞬、息ができない。

押し倒した瑛人の胸に前肢を載せ、黒豹は金色の目を爛々と光らせている。

食われる。

黒豹が喉の奥で唸り、瑛人の首に顔を近づけてくる。

ちらりと見えた白い牙に、ぞくっとした。

――でも……野生の獣というのは、こんなにも綺麗なのか。

「…………」

ぼんやりと黒豹に見惚れる瑛人の首を、猛獣はぺろりと舐める。

あたたかな息が、顎にかかった。

昨日、インターネットで豹について調べたときに読んだ記事を思い出す。

古代ローマでは、豹の息は芳香を持ち、動物たちはこれに魅了されて豹に狩られてしまうと信じられていた、と。

獲物たちの気持ちが、今なら瑛人にもわかる。

蠱惑《こわく》の魔法をかけられ、身動ぎ一つできない。

「ン」

頬や鼻の頭をざらりと舐め上げられ、独特な感触に震えるのが関の山だ。このまま食い殺されたとしても、叫ぶことさえできないだろう。

ぐる、と喉の奥で黒豹が唸る。

瑛人が再び真っ向から相手の金の目を捉《とら》えた瞬間、黒豹が大きく身を震わせた。

再び黒豹の躰が撓《たわ》む。

みるみるうちに獣は変身を解き、自分を組み敷くのは全裸の美青年になった。

うずくまった凜は大きく息を吐き出し、フローリングの床を拳《こぶし》で叩いた。

「馬鹿」

真っ先に詰《なじ》られて、瑛人は眉を顰める。

悪いのは瑛人のほうなのだろうか。

「馬鹿って……」

「だめだろ、それは」

「え?」

何が言いたいのか、わからない。

がばっと凜が顔を上げて、ごく至近距離で瑛人を見つめた。

「おまえを見てると、発情する」

「どういう、意味ですか?」

先ほどから瑛人は、問い返すことしかできなかった。

「だから」

凜はそこで言葉を切り、いきなり瑛人の首に手をやると唇を押しつけてきた。

「!?」

キスだ。

噛みつくように乱暴な仕種《しぐさ》に瑛人が怯《ひる》んだと知ったのか、唇を吸ったあとにすぐに彼の顔は離れた。

ほっとしたのも束の間で、キスはそれだけでは終わらなかった。

「り、」

制止する間もなくもう一度唇を重ねられ、薄く開いた歯列の狭間から凜の舌がぬるんと入り込んだ。まるで生き物のように蠢く舌が、瑛人の口腔《こうこう》をゆっくりとなぞる。

「ーっ」

愕然《がくぜん》とした瑛人は抵抗もできず、なすがままに凜のキスを受け容れていた。

躰の奥がじわりと熱くなるような気がして、瑛人は狼狽した。

キスくらい、したことがある。あるはずだ。でも……こんな感覚、初めてだった。

「瑛人……好きだ……」

唇を離した凜は、どこか陶然とした様子で囁《ささや》く。

「好きだ。おまえだけだ……」

想定外のできごとに瑛人が惚《ほう》けていると、やっと凜は我に返ったようだった。

「…………」

「悪い、瑛人」

慌てて凜は躰を離し、瑛人の傍らに尻をつく。彼は脱ぎ捨てたスウェットで自分の肉体の一部を隠し、困ったような笑みを浮かべた。

「けど、頼むから、あまり無防備になるな」

「撫でただけ、です」

「そのせいで、本能が勝った。コントロールできるところを見せるつもりだったのに」

凜の台詞が拗《す》ねたものになり、瑛人は今の恐怖も忘れて笑いだした。

「笑いごとじゃない。おまえを見てると発情するって言ったろ」

「意味が、わかりません」

発情というのは、獣に対して使うものだ。

「俺はおまえが好きなんだ」

「…………」

今度は意味がわかるように平易な言葉で言われ、瑛人は黙り込む。

「何が何だかわからないって顔、してるな」

「当然です。男同士で、あなたは豹で……しかも、一昨日《おととい》出会ったばっかりです。意味がわかりません」

あまりにも急展開すぎて戸惑う瑛人に対し、凜は首を振った。

「俺の頭がおかしいかもしれないって疑ってるんだろ？」

凛の指摘に、瑛人ははっとする。

そこまで極端なことは考えていないが、納得がいかないのは事実だ。

見透かされているのだと、指先がすっと冷えた。

「豹に変身できるっていう特異体質以外は、極めてまともだ。酔っ払いが酔ってないって言うようなものかもしれないけどな」

説明するのが面倒そうな態度だったが、それでも、凛が瑛人を見る目だけは熱っぽい。

「最初から、ずっとおまえが好きだった。だから、ここまで会いに来たんだ。迷惑がかかるってわかっていたけど、止められなかった」

力強い声には説得力があり、瑛人がこれまで味わったことのないような甘さを含んでいた。

耳にするたびに、心臓がざわめく。

「それは僕があなたとどこかで会ってるってこと？」

「そうだ」

はじめから、凛の主張は一貫している。

けれども、瑛人には凛に関する記憶は皆無なのだ。

「何度も言いましたけど、あなたみたいな人、会えば覚えてるはずですよ」

「しつこいって思ってんだろ」

「……ちょっとだけ」

瑛人の台詞に、凛は一瞬、押し黙った。

「——忘却は人間に残された大切な武器だ」

不意に、凛が声を落として冷えた声音で切りだす。

「武器？」

「人は自分の心を守るために、忘却する。機械にはない特別な機能だ。だから、忘れたのを責めてるわけじゃない」

凛の言葉を解釈すると、瑛人は彼を忘れなくてはいけないから忘れた、ということになるのだろうか。

では、どうして？

着替えを済ませて立ち上がった凛を、瑛人はぼんやりと見上げる。

「だけど、おまえが俺を思い出せなくて、出ていけって言うなら仕方ないな」

「凛……」

言葉こそ素っ気なかったが、凛の視線は違った。

まるで熱線のように、膚や唇を灼《や》くそのまなざし。瑛人を求め、欲し、望んでいるというのが直感的にわかる、情熱的な目線だった。

こんなふうに見つめられると、息が苦しくなる。思い出したい。

凛が自分をこんなふうに見つめる理由を、知りたい。凛という存在の断片が自分の中にあるかどうか、確かめたかった。

「っ」

鋭い痛みが、瑛人を見舞った。

また、頭だ。頭が痛くて、痛くてたまらない。

反射的に瑛人は両手で頭を押さえる。

「瑛人！」

あまりの痛みに意識を失いかけたほどだ。

血相を変えた凛が跪いて瑛人を抱き留めてくれるが、それで痛みが消えるわけではない。大丈夫だという気休めの言葉さえ、今の瑛人に口にするのは不可能だった。

「…………」

痛苦は増幅され、頭の内側からハンマーか何かで容《よう》赦《しゃ》なく叩かれているような感覚に、声も出せなかった。

痛みゆえか、全身の血液が脳に集中するような錯覚に陥《おちい》った。

朦朧《もうろう》とする瑛人を抱き締め、凛が「すまない」と謝罪した。

「悪かった。もういいから、もう思い出さなくていい」

「凛……」

呪文のように唱える凛の腕に、瑛人は自然と身を委ねる。

「……」

浅い呼吸を繰り返しながら、瑛人は凜の体温をごく間近で感じていた。

こうして彼のぬくもりに触れていると、わけもなく安心する。家族を亡くしてからというもの、一人きりで生きていたせいだろうか。そんなことを漠然と考えているうちに、頭痛は次第に治まってくる。

やっと落ち着いた瑛人は深々と息を吐いた。

もう一度息を吸うと、凜からボディソープの爽やかな匂いがしてくる。それを自覚し、瑛人はまたも彼にしがみついていたことにはっとした。

「すみません！」

慌てて彼を押し退《の》けて、尻《お》で後退る。

「……瑛人」

「突然、頭が痛くなって……すみません、やっぱり思い出せません」

「いや、俺も悪かった」

凜は首を振り、それから瑛人に手を差し伸べる。

立てるかと言いたいのだろうが、手を借りるのは躊躇われ、瑛人は視線を落として座り込む。

すぐに手を引いた凜は立ち上がり、厳しい顔つきで口を開いた。

「頼む。もう少しだけそばに置いてくれないか」

「それは……」

無茶だという言葉を、瑛人は呑み込んだ。

最初はぶっきらぼうで拗ねていた凜が少しずつ瑛人に心を開き、こうして頼んできたのだ。そのことが、拒絶を迷わせた。

苗字だって教えてくれないし、職業も素性も何もかもが不明。何よりも、黒豹に変身するという不思議な能力を持っている。

なのに、見つめられると心がざわめく。

放っておけなくなる。

「あと少しでいいから、瑛人」

熱っぽい凜の台詞が、瑛人の心を打つ。

だめだ。

ここで流されてはいけない。

それくらい、わかっているのに。

「……あの」

迷いからか思い詰めたような、妙に掠れた声になってしまう。

凜が「なに」と身構えたような反応を示した。

「鍋」

「え？」

「夕食、寄せ鍋とシチュー、どっちがいいですか」

凜がぽかんとした顔になったので、瑛人は我ながら間抜けなことを言ってしまったと恥ずかしくなる。

「出ていかなくて、いいのか？」

「今日は、いいです。まだ病み上がりだし」

「そっか」

安堵したように凜が胸を撫で下ろすの見て、瑛人も微笑む。

さっきまで鍋にしようと思っていたが、凜が想像より元気なので、もう少し濃厚な味のものがいいかもしれないと思い直した。

「鍋よりシチューがいいな」

「やっぱり！　そういう気分だろうと思ったんです」

瑛人の言葉を耳にして、凜が曖昧《あいまい》に笑んだ。

「ビーフシチューがいい」

「わかりました」

瑛人が好きなのは鶏肉《とりにく》の入ったクリームシチューだったが、今日は凜が望むものを作りたかった。

それから、彼が元気になったお祝いにケーキを買ってこようと思いつく。至れり尽くせりすぎるが、来週は瑛人の誕生日だという名目がある。普段、自分用のケーキを一つだけ買うのは気が引けて実行できなかったが、二つならば気にしないですむ。前祝いにすればいい。

「……あれ？」

第三者の気配を感じた瑛人が振り返ると、ダイニングからモモがじっと二人を見つめていた。

もしかしたら凜と仲直りしたいのだろうか。

「モモ、おいで」

腰を落とした瑛人が手を差し伸べて呼んだが、モモはぴくりとも動かない。

「あの子、モモっていうんです。今日は機嫌が悪いみたい」

「……かもな」

特に気を悪くした様子でもなく、凛は答える。

「ちょっと買い物に行ってきますね」

「ああ。俺も一緒に行こうか？」

「だめです。病人なんだから、休んでてください」

瑛人がそう言うと、凛は「わかったよ」と微かに笑った。


凛が瑛人のもとに現れて、三度目の朝。

顔を洗った瑛人がコーヒーを淹《い》れるために豆を量っていると、凛がキッチンに入ってきた。

「おはよ」

「おはようございます」

ありふれた朝の挨拶をこの家で誰かと交わすのは久しぶりで、なんだか嬉しくなる。

「手伝うか？」

「え？」

「それ、挽《ひ》くの」

「あ、いいです。いつもは一人分だから」

一人分の豆には手動の小さなコーヒーミルで十分だが、普段の倍量なので、手で挽くのに少し時間がかかっていた。

そんな日課一つを取っても、自分がひとりぼっちではないと実感し、くすぐったくなる。

「いいから、貸せよ」

強引にミルを奪われたので、瑛人は手持ちぶさたになってマグカップを用意した。

がたんと椅子を引いた凛が、ごく自然に瑛人の隣に腰掛けた。

「…………」

「なに？」

「ううん」

昨晩も凜が勝手にその席に自分のフォークやらスプーンをセットしたので、密かに瑛人は驚いていたのだ。

いつもなら朝食を一緒に摂《と》るモモはリビングのソファの上で丸くなったまま、瑛人たちが食事を終えるまでダイニングには入ってこなかった。

モモは凜が怖くてあえて距離を取っているに違いない。猫にしてみれば、黒豹には敵うわけがないから当然かもしれない。

そう思うと、モモのこれまでの不可思議な態度が何となく合点がいった。今もソファですやすや眠っているくせに、尻尾だけが一定の速度で左右に揺れている。警戒を怠らないとでも言いたげな様子が、飼い主の欲目抜きでもとても可愛い。

「できたよ」

「ありがとう」

何げなくコーヒーミルを受け取ろうとし、瑛人の指が凜に触れた。

「！」

うっかりコーヒーミルから手を離してしまったが、すぐに動いた凜がそれをはっしと空中で掴む。

「どうした？」

「何でも、ないです」

突然、凜のことを意識してしまったせいだ。

昨日、自分を好きだと告げた凜の真剣な声が甦《よみがえ》ってくる。

誰かに好意を伝えられるのは初めてではなかったが、それがこんなにも胸の弾むふわふわとしたことなのだと、瑛人はずっと忘れていた。

凜に好きだと言われて、心が動くのがはっきりとわかったのだ。

そして、彼はきっと待っているに違いない。

動きだした瑛人の心が、何かを思い出すのを。

「一限、何時から？」

「九時です」

「そうか」

マグカップに注いだコーヒーを差し出すと、彼は一度匂いを確かめるように鼻先に近づけてから、おそるおそるそれを口許に運ぶ。昨日もビーフシチューをかなり冷ましていたし、猫舌なのかもしれない。

「凜は、仕事は？」

「私立研究所の研究員だった」

「ええっ⁉」

意外すぎる職業に、瑛人の声が揺らぐ。

英語を仕事で使うとは昨日も話していたが、自分の容姿で勝負をするような仕事をしているのだろうと勝手に思い込んでいた。

「といっても、それも辞めたばかりだけどな」

「どうして？」

「おまえのそばにいたいから」

マグカップを食卓に置き、凜はテーブルの傍らに立つ瑛人の手に触れる。

その手が熱いのは、マグカップの熱が移っているせいか。

それとも。

「自分の気持ちを、どうにもできない。おまえに会いたくて。おまえが思い出してくれれば、一緒にいられるんだ」

「待って、ください」

狼狽に声が掠れ、瑛人は何を言おうかと思考を巡らせる。

そんなことを言われても、困る。

何が彼をこんなに情熱的に駆り立てるのか、瑛人にはわからない。

熱い指、熱い掌。

緊張に手が汗ばんでいるのを、凜に気取られたくなかった。恥ずかしくてたまらない。

二人のあいだの微妙な均衡を引き裂いたのは、インターホンのチャイムだった。

「！」

はっとしたように凜が顔を上げる。

「凜？」

「黙ってろ」

凛の顔つきが厳しくなる。まるで野生の豹が敵を見つけ、臨戦態勢を取ったかのようだ。

凛は全身に緊張を漲《みなぎ》らせ、そこに憎悪の対象がいるとでも言いたげに、自動的にオンになったインターホンのモニターを睨んだ。

瑛人の位置からは、モニターがはっきり見えない。相手が誰かは、判別不可能だった。

もう一度、ベルが鳴った。

「何だろ？」

ずいぶん早いが、宅配便か何かだろうか。

凛から不自然にならないように手を離し、瑛人はインターホンの応答ボタンを押そうとした。

その腕を凛が乱暴に摑み、寸前で引き留める。

「出るな」

鋭く発された言葉の意味がわからずに、瑛人は首を傾げる。

「出なくていい」

凛は緊張しきった顔つきで、モニターを睨む。

「でも」

「こんな朝っぱらから、誰か来る予定があるのか？」

「ないけど……」

もう一度、電子音が響く。

モモがぴくぴくと耳を動かし、毛を逆立てて唸る。

「逃げるぞ」

凛は耳打ちし、瑛人の腕を摑んだ。

逃げる？

全然意味がわからずに、瑛人は反射的に彼の腕を振り払った。だいたい、相手が玄関にいるのならば、逃げようがない。

「逃げる理由がわかりません」

玄関の鍵をがちゃがちゃさせる音が聞こえ、得体の知れない恐怖に瑛人は躰を強張らせた。

「強情だな」

ため息をつくように凛は呟き、瑛人の額を唇で掠める。

それがキスだと気づくのに、数秒要した。

それきり凛はぐっと唇を嚙み締め、前方を見据えた。

「今の、何？」

次の瞬間、ばたんと勢いよくリビングダイニングの扉が開いた。

「迎えに上がりました」

土足のまま部屋に踏み込んできたのは、白いコートを身につけてサングラスをかけた青年だった。がっしりした体格の黒ずくめの男を二人引き連れ、その口許には笑みを浮かべている。

流暢《りゅうちょう》な日本語ではあるが、少なくとも彼が純粋なモンゴロイドでないのは、その艶やかで長い金髪から知れた。

もう何が起きても驚かないはずだったが、二人組が銃を持っていたので瑛人は呆然とした。

一人は拳銃、もう一人はライフルだった。

ここは日本で、そう簡単に一般市民が銃を持っているわけがない。とすれば、エアガンだろうか。

瑛人はまじまじと彼らの武器を観察するが、素人《しろうと》に判別は不可能だった。

「少々待たせてしまいましたね、凛」

「待ってない」

金髪の男を睨《ね》めつけ、凛は極めて不機嫌に言う。彼は摑んだままだった瑛人の腕を、力強く自分に向けて引き寄せた。

「あっ」

同時に凛が一歩足を踏み出し、瑛人を己の背後に隠そうとする。その意図が見えたせいか、金髪の男が微かに息を吐くのが伝わった。

「庇《かば》うんですか？」

「当然だ」

目の前にあるのは、広く逞しい背中だった。

嬉しい。

逃げようという提案に、首を横に振ったのは瑛人のほうだというのに、わけのわからない男たちから凛は自分を守ろうとしてくれている。女性のように守られ

るのは情けないと思う反面、彼の真摯な思いを感じた。

凛が発した言葉は、きっとすべて真実だ。

どうしてその相手が瑛人なのか、わからないけれども。

「連れの趣味の悪い服装は、どういうつもりだ？」

「臨時で雇ったボディガードです。セオリーどおりのほうがよいと思いまして」

「…………」

「愚かなことは考えないほうがいい。私たちは、彼が死んでもかまわないと思っている。あなたとは存在価値が違います」

声音こそ優しいが、男の提案の内容はひどく冷ややかだった。

「瑛人が死んだら、俺も死ぬ」

対する凛の発言もまた、明快なものだ。

「あなたのそれは蛮勇だ」

「なに？」

「試してみますか？」

それを聞いた凛が喉の奥で唸り、金髪の男に殴りかかろうとした。しかし、そばにいた二人組が持っていた銃で瑛人に狙いをつけたので、ぴたりと動きを止める。

凛が凍りついたのを一瞥《いちべつ》し、男性はにこやかに微笑んで一歩踏み出した。

「――はじめまして、かな。アキト」

青年は笑みを浮かべたまま、間合いを詰めてくる。

気圧《けお》されたように、瑛人は動けなかった。

サングラスの下から現れたのは、端整でどこか冷たさを感じさせる硬質な美貌だった。年の頃は二十代後半というところか。

凛の美貌がギリシア彫刻ならば、この青年はアンドロイドのようで、精緻《せいち》だが血が通ってなさそうな印象を与えた。

「どなたですか？」

「私の名前ですか」

青年はくすりと口先だけで笑ってから、「聞いても意味がありませんよ」と答えた。

「どうして？」

瑛人の問いに、青年はますます嬉しそうな顔になる。

「あなたはすぐに忘れてしまうからです」

凜といい、この男といい、何を言うのだろう。

人は人を、そう簡単に忘れない。

かたや黒豹に変身する行き倒れの青年。

かたや銃を持った二人組の男を従えた金髪の青年。

これほどインパクトのある二人を、どうすれば忘れられるというのか。

「忘れませんよ」

瑛人は苛立ちを込めて告げる。

「どうして？」

「靴も脱がずに人の家に上がり込むような失礼な人を、忘れられるわけがないでしょう」

嫌みを口にするなんて滅多にないが、彼には一言言わずにはいられない。

「これは失礼。あとで業者に掃除をさせます」

まったく失礼と思っていないのが透けて見える慇懃《いんぎん》無礼《ぶれい》な口調が、ますます瑛人をむっとさせた。

無論、そのような問題ではない。

「私の名はキリエです」

「キリエ？」

瑛人は怪訝そうに聞き返したが、相手はこんな反応になど慣れていると言いたげな、涼しい様子だった。

「ええ。通称ですが、Ｋ－ｙ－ｒ－ｉ－ｅと綴《つづ》ります」

説明されても意味がわからない瑛人に、キリエは無知無学の徒を憐《あわ》れむような冷めきった視線を向けた。

「実際、私は、どうして凜があなたに執着するのか理解できないのですが。顔…」

顔ですか、と呟いたキリエが瑛人に触れようと手を伸ばす。

刹那《せつな》、凜は無言で瑛人の腕を俊敏に摑んで己に引き寄せる。同時に彼は腰をぐっと回して、キリエを蹴り上げようとした。

目にもとまらない早業《はやわざ》だった。

一瞬遅れて、黒服の二人が銃を構える。

がちゃっという音が、やけになまなましく瑛人の耳に届いた。

瑛人を抱えた凜は、キリエを射殺しそうな目つきで睨んでいる。

「瑛人に触るな」

それまで凜が無言だったのは、相手との間合いを詰めていたのだと瑛人は気づいた。

「……相変わらずですね」

喉だけでキリエが笑い、口許に笑みを浮かべる。

「ともあれ、帰りましょう」

彼はひらりと白い手を振り、凜を促した。

「帰らない」

凜は瑛人の躰を抱き締め、キリエを見据えた。

その視線が忙しなく動いており、彼は脱出のためのルートを探しているようだ。

「我が儘《わま》を言うと、アキトの命は保障できませんよ」

「殺されたいのか」

凜の全身から怒りが張っているのが、わかる。

「凜、だめだよ！」

何かをしたら、凜が殺されてしまう。この男たちは、きっと本気だ。

他人と争ったことなどない瑛人だったが、それだけは気配で感じ取っている。

「彼は身のほどを知っているようですね」

「うるさい。何があろうと、瑛人は俺が守る」

「信頼関係のないチームなど、何の役にも立ちません。彼は逃げられないと思っているようですが？」

凜はぐっと押し黙る。

「…………」

悔しげに唇を嚙み締めたまま、凜は動こうとしない。

「気がすんだでしょう。賭はあなたの負けですよ。アキトはあなたを思い出しましたか？」

「いや」

短く答える凜の声音には、先ほどと同じく淋しげなものがあった。

「わかっていたはずですよ。が、前回に比べて、少しお迎えが早すぎたかもしれないですね」

「時間なんていくらあっても無駄だっていうのが、おまえの持論だろ」

瑛人を抱く彼の手に、指に、力が込もっている。

だが、動けないのだ。

「来てください。着替えが車の中にあります」

「これは俺のだ」

凜は片手でキリエの手をぱしっと払いのけ、蒼褪めた顔で相手を直視した。

黒服二人が動きそうになったが、キリエは悠然と片手を揺らしてそれを制した。

「これは失礼。では、帰りましょう」

黙したまま凜は言葉を発さなかった。

非日常が、ようやく終わる。

終わってしまう。

思わず胸のあたりを押さえたが、どうしてここまでのショックを受けているのか、自分で自分がわからない。

「ご面倒をおかけしました。私の名前と合わせて、今日のことは忘れていただけますか？」

「そんなの、無理です」

緊張と恐怖から喉がからからになっており、瑛人は掠れた無様な声で告げる。

「そうですか」

キリエがまたしても、小さく笑う。

いかにも口先だけで笑っているという印象で、瑛人は不快感を覚えた。

この男は間違っている。

人の脳にある記憶というものが、そう簡単に消し去れるわけがない。数限りないできごとは脳に刻印され、紐解《ひもと》かれるのを待っている。

「凜を多少なりとも好きならば、忘れたほうが凜とあなたのためです」

「どうして！」

そんなことを他人に言われたくないと、瑛人は声を荒らげた。そんな瑛人の態度が珍しかったのか、凜が不思議そうな顔になる。

「どうして？　あなたが存在すること自体、凜を傷つけるからです」

キリエはキッチンをちらりと見やると、シンクに出してあった刃渡りの長いナイフを取り上げた。

「この男は私にとっては神。ですが、あなたにとっては過去の亡霊、あるいは悪霊です。瑛人、あなたには必要のない存在だ」

「よせ！」

どちらが叫んだのかは、わからない。

ナイフが翳《かざ》される。

刺される！

「瑛人！」

反射的に瑛人を庇い、凜が立ち塞がる。

鋭い刃先が凜の頸動脈《けいどうみゃく》のあたりに突き立てられ、次の瞬間、そこから血が噴き出した。

「……!!」

声も出なかった。

死んでしまう。

凜が。

そんなのは嫌だ！

キリエがナイフを持ち直し、今度は瑛人にちらりと視線を投げる。

もう立っていられないであろうに、蹌踉《よろ》めいた凜が、それでも庇うように瑛人の前に立ちはだかった。

「死にたいのですか」

「……」

凜が何かを言ったが、聞こえない。

「凜！」

凜の躰がゆっくりと傾ぎ、キリエに向かって倒れ込む。

悲鳴を上げようとした瑛人に、キリエがそっと白い手を押しつける。

呼気そのものを阻まれ、ぬるっとしたものが口に触れる。

凛の血だ。

「う…ッ…」

吐き気がした。

何が起きている？

今、ここで……目の前で。

「どうです？　忘れたい記憶になったでしょう？」

抱き留めた凛の躰から噴き出した血にまみれて、男は、笑う。その美しさは、異様なほどだった。

凛。

前にもこういうことがあった。

あのときも、同じだ。

凛を傷つけられて、そして──。

噎《む》せ返《かえ》るような血の臭いの中、瑛人はそのまま気を失った。


ショーウインドウに飾られているのは、見るからに美味しそうな色とりどりのケーキだった。

狭いが洒落《しゃれ》た店舗は通りでも目立っており、かねてから一度入りたいと思っていた。

瑛人《あきと》の一番の好物は、真っ白なクリームのうえに鮮やかな赤い苺《いちご》が一粒載ったショートケーキだ。

最近ではショートケーキといえども凝《こ》ったものも多いが、瑛人にとってのベストはできるだけ素朴な味わいのものだ。

ケーキを食べたいと思ったのは、珍しく肉体的な疲労が溜まっているせいかもしれない。

疲れたと言うと同級生の正岡《まさおか》は「若いくせに」と瑛人をからかったが、病み上がりなら仕方ないと同情もしてくれた。

舌の上で蕩《とろ》ける生クリームの食感を想像すると、途端に甘いものを食べたくてたまらなくなる。

「いらっしゃいませ」

瑛人が店内に入ると、白いレースのエプロンをした中年の女性店員が微笑んだ。

入ってから、しまったと瑛人は後悔した。

一つだけケーキを買うのが申し訳ないため、普段はケーキを食べるのは喫茶店やファミリーレストランと決めている。こうして店に入って買うのは、両親を亡くしてから初めてだ。

そのまま店を出たくなったが、店員と二人きりの状況では回れ右もできない。

「すみません、ショートケーキ一つ」

「かしこまりました。一つでよろしいですか？」

「はい」

人懐《ひとなつ》っこく念を押されて、瑛人はやはり一つではいけなかったかと苦笑する。

「いつもありがとうございます。また寒さがぶり返してきましたね」

「はい」

今日初めて入ったケーキ屋だったが、にこやかに話しかけられる。おそらく別の常連客と間違えているのに違いなかった。

買い物を終えて店外に出ると、ひやりとした空気に、耳が千切れてしまいそうだ。無意識のうちに片手でコートの襟《えり》を合わせ、瑛人は夕空を見上げる。

くすんだ空はべったりとした雲に塗り込められており、ウインドウの中もなぜだか妙に味気なく見える。

何げなく横断歩道の向こうに視線をやると、長身の青年が目についた。

彼が目を引いたのは、驚くほどスタイルがよかったせいだろう。

艶やかな黒髪に、小さな頭。スタイリッシュな黒のコートは躰にぴったりと沿っている。造作のひとつひとつが整っており、彫りが深くて迫力のある面差しだった。

目が、離せない。

それは彼がとても綺麗で、人目を惹きつけずにはいられないからだろうが、それだけではない、不思議な引力のようなものを感じる。

青年は一人ではなく、その傍らに金髪の男性が寄り添っている。サングラスをかけているので顔は見えないが、周囲を圧するような存在感があった。

嫌だ。

まるで彼だけがほかの星からやってきたエイリアンのように薄気味が悪く、嫌悪感が湧いてくる。

金髪の青年を見続けるのが嫌になった瑛人は、ふっと視線を逸らした。

3rd piece

キッチンの壁に貼られたカレンダーには、赤いペンで二重丸がつけてある。

「えーっと、集合が十二時で……」

乗り換え案内を調べながら、瑛人《あきと》は家を出る時間を逆算する。

携帯電話のアプリを駆使する一方で、瑛人はこういう昔ながらのアナクロな記録方法が好きだ。漢字の書き取りのように、手で何度も書けば忘れない気がするからだ。手帳はなぜかここ三年連続で紛失してしまったが、カレンダーは壁に貼っているので、火事でもない限りなくす心配はない。

紛失といえば、日記もない。

幼い頃はきちんと日記をつけていたが、引っ越しの際、作文や文集と一緒に、業者が箱ごと紛失してしまったらしい。瑛人は心底がっかりしたものの、両親から「過去よりも、これから先が大事なのだから」と慰められた。確かに、あったとしてもそう読み返すようなものでもないと納得したが、両親が亡くなった今は諦《あきら》めずに探すべきだったと後悔している。

「モモ、ご飯…」

声をかけた瑛人は、そこでふっと言葉を切る。

モモはもういない。

ちょうど二ヶ月前、老衰で死んでしまったのだ。その前の一月はやけにおとなしく一日中寝てばかりで瑛人を心配させたのが、最後の数日は昔のように元気で、瑛人の膝に飛び乗ったりもした。

死ぬ前日、モモは食卓の椅子に頭を擦りつけてしきりに鳴いていた。

それまでモモが絶対に近寄らなかった椅子で、そこに座る誰かに懸命に訴えかけているかのようだった。

モモは誰に何を伝えたかったのだろう?

「……だめだなあ」

瑛人はため息をつく。

しっかりしないと、天国にいる両親やモモに心配をかけてしまう。それはわかっているのだが、どうしても淋しさを誤魔化せない。

週末はレポートや家事を片づけることが多いのだが、今週は卒業した小学校でタイムカプセルを開けることになっている。二十歳《はたち》の記念イベントの案内の葉書を読んでも、その記憶は甦《よみがえ》らなかった。

普段ならばそうしたイベントは敬遠するのだが、子供の自分が十年後の瑛人に何を渡そうとしたのかが気になり、出席に丸をつけて投函した。

身支度を終えた瑛人は家を出た。

乗り継いだ電車の臙脂色《えんじいろ》のシートに腰を下ろし、瑛人は窓際に座って流れていく外の光景を眺める。

冬の寒さもものともせず、河川敷《かせんじき》の公園で子供たちが遊んでいる。

残念ながら、瑛人にはその手の記憶がいっさいない。

忘れっぽいにもほどがあるのだが、思い出せるのは遠足や修学旅行などの特別な行事ばかりで、日常的な記憶の大半が欠落しているのだ。そのせいだろうか、時々、瑛人は自分自身にどうしようもない違和感を覚えるのだった。

かつての地元駅で下車した瑛人は、脇目も振らずに目的地へ急ぐ。

閑散とした土曜日の校庭に、十数人の男女が集まっている。白髪の老人は、当時の担任の水野《みずの》だろうと見当をつけた。もっとも、水野の名前も瑛人はすっかり忘れていて、葉書にある『水野先生を囲んでの懇親会もあります』という一文で何とか思い出せたのだ。

つくづく、自分は記憶力が弱い。

「あれ、佐倉《さくら》くん？」

瑛人に目敏く声をかけてきたのは、髪をアップにしたショートコートの女性だった。ブーツのヒールが高く、校庭に突き刺さりそうだ。

「久しぶり」

誰なのかよくわからなかったので、瑛人は緊張を滲《にじ》ませた声で応対する。

「嬉しい、来てくれたんだ」

「うん」

瑛人はこっくりと頷《うなず》く。

「よかった。何人来られるか心配してたんだよね。佐倉くん、懇親会は欠席なの？」

「レポートが終わってなくて」

本当はそこまで切羽詰まっていなかったのだが、学校生活のことをろくに覚えていないので、懇親会に出るのは気詰まりだった。

適当な会話をしながら、瑛人は必死で彼女の名前を思い出そうとする。

快活な口ぶりと、緩いウエーブのかかった髪。懇親会の出欠を知っていたことから、彼女は幹事に名を連ねていた人物だろうと結論づけた。

「えっと、長谷川《はせがわ》さん？」

「そうだよ。よく覚えてたね！」

彼女がにこにこと笑ったので、申し訳なくなる。まだ何かを話したそうな顔だったものの、「始めるぞ」という野太い声に押され、そちらへ向かった。

「じゃあ、掘り起こそうか」

「男子お願いね」

にぎやかに騒ぎながら、男性陣で目印となる木の根もとにスコップを入れる。

瑛人が掘削要員《くっさくよういん》を交代して周りで眺めていると、一メートルほど掘り進んだところでタイムカプセルに使った金属の容器にぶつかった。

「私ね、あのときのお気に入りのキーホルダーを入れたの」

「俺はアルバム」

そんな会話を背中で聞いているうちに、少しずつ卒業式の記憶が戻ってくる。

この穴は先生や父兄が掘ってくれたのだ。子供にはこの固い土を一メートルも掘るのは無理だったのだろう。

「出てきた！」

同窓生たちがタイムカプセルを引き上げるのを、瑛人は食い入るように見つめていた。

今日まで土の中に埋もれていた過去というものを掘り起こすことに、胸騒ぎのようなものを感じてしまう。なぜだか漠然とした恐怖すら覚え、瑛人は視線を落とした。

この場にいる同窓生たちと違い、鮮烈で愛おしい過去を自分は覚えていない。だからはしゃぐこともできずに、むしろこわごわと成り行きを見守ってしまうのだ。

「あったよ、佐倉くん！」

長谷川の声に、瑛人ははっと我に返る。いつの間にかタイムカプセルは開封され、昔懐《むかしなつ》かしい宝物の数々に同窓生たちは歓声を上げていた。

「これ、佐倉くんの」

差し出されたビニール袋には、マジックで「佐倉瑛人」と記されている。昔の己の不格好な筆跡がもの珍しく、瑛人はその文字を指先で辿った。

中身はありふれた、市販の青いファイルだった。

学校で配られたファイルで、授業で書いた作文が綴《つづ》られていた。一年間書き溜めた作文をそのファイルに綴《と》じ合《あ》わせたことを何となく思い出し、瑛人はわけもなくほっとする。

過去の自分が書いたものを見るのは、大人になってからは初めてだ。

ファイルを手にして、何げなく捲《めく》る。

作文のタイトルは「春休みの思い出」だった。

——ぼくは春休み、家族四人で長野《ながの》に行きました。まださむくて、お兄ちゃんは——

出だしの一文に、心臓が震える。

四人？

読み間違えではないかと、瑛人はもう一度作文を最初から見返した。そこにはまぎれもなく四人と書かれており、我が目を疑う。

どうして四人なのか。

しかも、『お兄ちゃん』だって？

まったく覚えがない。

自分の人生に忽然《こつぜん》と現れた『兄』という存在に、瑛人は呆気《あっけ》にとられた。

「佐倉くん、どうしたの？　何か書いてあった？」

「何でもない」

自分に兄はいましたか？

ごくシンプルな問いだったが、聞けば不審に思われるのは目に見えている。

こんな馬鹿なことを聞いたら、頭がおかしくなったと思われるのがおちだ。聞けるほど親しい相手も思い浮かばない。

「これから懇親会だけど、どうする？　人数増やせるよ」

「——今日は、やめておくよ。ありがとう」

誰かに自分の家族のことを尋ねてみたかったが、瑛人はその気持ちを彼方に押しやる。

「そうだね、ちょっと顔色悪いもん。今日はだめでも、またみんなで会おうよ」

気を取り直したような彼女の言葉に、瑛人は半ば上の空で首を縦に振った。

「今日は来てくれて意外だったの。佐倉くん、学校にあまり興味なさそうだったし」

「じつはあまり覚えてなくて」

「きっと、家のほうが楽しかったんだよ」

「そう、かな」

曖昧《あいまい》にその場を取り繕って彼女に別れを告げると、瑛人は担任だった水野に近寄る。老齢になった担任は、今では目線も瑛人と大差がない。

「先生」

瑛人を見やった水野は、眩しそうに目を細めた。

「おや、佐倉……か」

「先生、よくわかりますね」

これまでに何百人と生徒を受け持ってきたであろうに、水野は一目で瑛人の名前を思い出したようだ。

「何となくだけどね。何人か目立つ生徒を覚えていると、彼と一緒だった生徒……というふうに思い出せる」

「僕は全然、だめです。人の顔を覚えるのが苦手で」

はにかんだように瑛人が笑うと、水野は怪訝《けげん》な顔つきになった。

「苦手というのは？」

「すぐに忘れてしまうんです」

躊躇《ためら》いがちな瑛人の言葉を聞いて、彼は目を細めた。

「そうだったかね？　君は人一倍、そうしたことに記憶力がいいと思っていたが……」

そんなふうに教師に思われていたとは、意外だった。

「今は、大学生かな？　昔は獣医になりたいと言ってたな」

「そうなんですね。医学部に通ってます」

「人間の医者か。少し方向転換したな」

からからと笑われて、瑛人は「ええ」と頷いておく。獣医になりたかった、自分。

そんな覚えはどこにもない。

「ご両親がお亡くなりになったそうだね。大変だろうが、お兄さんと二人で助け合って暮らすんだよ」

微笑していた瑛人は、水野の言葉に自分の表情が強張るのをありありと感じた。

それから水野が何を話したのか、瑛人はろくに聞いていなかった。

兄の件を水野に尋ねることもできるが、覚悟ができていない。

この場にいるのが、怖かった。

ここは本当に、瑛人が通っていた小学校なのだろうか。そう思えば、校舎のくすんだ色みも校庭の鉄棒もサッカーゴールも、何もかもが覚えがないものに思えた。

もう、自分の感覚のすべてが当てにならない。

その事実がたまらなく怖かった。

瑛人は幹事に当《あ》たり障《さわ》りのない挨拶《あいさつ》をし、ふらふらと校門に向けて歩きだす。

地面がまるでスポンジにでもなったかのように、足取りが覚束ない。


折しもホームに滑り込んできた電車に乗り込み、座席に腰を下ろした瑛人はファイルを取り出した。

家に帰るまで待ちきれない。

二十枚ほどの作文を、瑛人は繰り返し何度も読んだ。

しかし、作文に家族の話題が出てきたのはその長野旅行だけで、あとは読書感想文や運動会の思い出についての、ごくありふれた内容だった。

お兄ちゃんというのは、仲のよい近所の年長の子供という可能性もあるのではないか。作文に書くほどだから、それを水野が誤解しているのかもしれない。けれども、瑛人の顔をきちんと覚えていた水野が、そんな勘違いをするだろうか。

それに、一番気味が悪いのは、瑛人がその『お兄ちゃん』のことをまるきり覚えていない点だ。

かつて自分が住んでいた住宅地に向かい、近隣の人に話を聞くという手立てもある。

引き返そうか。

瑛人はしばし迷ったが、やめたほうがいいという結論に達した。

彼らの証言から仮に兄がいたという事実が立証されたところで、根本的な問題は解決されない。それに、心の準備ができていなかった。

もし兄がいたのなら、瑛人はなぜそれを覚えていないのか。

兄がいたという痕跡そのものが、家庭にはなかったのだ。写真の一枚も見たことがない。

昔から、瑛人は自分自身に不安定な部分があるのを漠然と感じていた。それが失われた記憶に関係あるというのなら、しっくりくる。瑛人の忘れっぽさはそれに関係しているのか。

なくしてしまった大切なピースは、兄の存在なのだろうか。

すぐにでも戸籍謄本《こせきとうほん》を確かめたかったが、週末は区役所の出張所もやっていない。明後日の月曜日は、去年落として再履修をしている授業があるので、休むわけにはいかなかった。

瑛人がひどく体調を崩したのは、昨年の冬だ。風邪で大学を長らく休み、いくつか単位を落としてしまったのだ。

相当具合が悪かったらしく、最初の三日ほどの記憶はまったくなかった。パズルのピースが抜け落ちるように、そのときの記憶はごっそり脱落している。

風邪をひき始めた時期、瑛人から授業を休むというメールがきたと正岡《まさおか》が教えてくれたものの、そんなメールを出した覚えすらなかった。

教授によっては情状酌量《じょうじょうしゃくりょう》してくれたが、医学生なのだからしっかり自己管理すべきだと再履修を命じる厳しい教授もいた。

無断で休んだアルバイトもくびになってしまうし、去年の誕生日はさんざんだった。

それにしても、兄とは。

再び思考は、覚えのない兄のもとへ辿り着いた。

今日のイベントには義務的に出席するだけのつもりだったが、とんでもない爆弾を掘り当ててしまったのかもしれない。

久しぶりに同窓生と顔を合わせたという高揚はなく、もやもやとしたものだけが残った。

すっかり陽《ひ》が落ちた中、瑛人はのろのろした足取りで自宅へ向かう。

今日に限って、犬の鳴き声がやけにうるさい。忙しない鳴き声は、いつもは無駄に吠《ほ》えない近所の雑種犬のものだった。

「瑛人」

甘い響きを帯びた低い声が背後から聞こえ、瑛人は反射的に足を止める。

聞き覚えのあるような、ないような。

そんな声だったせいだ。

「瑛人」

もう一度呼びかけられ、瑛人は返答をするかを一瞬迷ったものの、おそるおそる振り返る。

次の瞬間、腹に鈍い痛みを感じた。

誰かが自分の腹を殴ったのだと理解したのは、瑛人が相手の躰《からだ》に向かって倒れ込んだときだった。


腹が痛い。

それは躰の内側から生じる痛みではなく、外側から物理的な力が加わったことによるものだ。おそらく誰かに殴られたのだろう。朦朧《もうろう》とする中で考えたが、その犯人が誰なのかまでは思い至らない。

「ん」

意識を取り戻した瑛人は、ベッドで眠っていた。だが、それは瑛人の躰に馴染《なじ》んだ自宅のものではない。マットレスは固いし、スプリングが壊れかけているのか、少し動くとぎしぎし軋《きし》んだ。

「う……」

「瑛人」

短く呻《うめ》いてから身動《みじろ》ぎをした瑛人に、誰かが話しかけてくる。聞き覚えがあるのは、先ほど瑛人を家の前で呼んだ人物の声だからかもしれない。

懐かしい、記憶の彼方から呼びかけるような声。

目を覚まさなくてはいけない。

……目を。

「誰？」

瑛人が寝かされていたベッドから身を起こすと、傍《かたわ》らの椅子に座っていた青年がすぐに立ち上がった。

ぱっと部屋の電気が点く。

明るさにすぐには順応できずに、瑛人は目を眇《すが》めた。やがて光量にも慣れ、瑛人は自分の傍らにいる青年に視線を向ける。

驚くほど美しい顔立ちの青年が、ベッドサイドに立っている。

彫りの深い端整な顔。白い膚《はだ》。唇は薄く、桜色だ。瑛人が何よりも印象的だと思ったのは、その瞳だった。光の加減なのか、もともと色素が薄いのか、目が金色に輝いて見える。

「凜《りん》だ」

彼は固い声音で、短く告げる。

「それ、あなたの名前？」

知らない名前だ。

胡乱《うろん》な反応を示す瑛人に対して、凜と名乗った青年は肩を落とした。

「そうだ。——やっぱり覚えてない、か」

青年はどことなく淋しげに呟き、身を屈《かが》めて指を伸ばしてくる。反射的に瑛人がびくっと身を竦《すく》めてもおかまいなしで、頬に触れてきた。

この人が、凜。

凜と頭の中で呼んでみると、心臓が微かにざわめく気がする。

「悪かった、腹、痛かったろ」

そう言われるとにわかに腹のあたりが痛んで、俯《うつむ》いた瑛人はそろそろとセーターを捲《まく》り上《あ》げる。あれでも加減していたのか、特に痕にはなっていなかった。

「ここはどこですか？」

素早く視線を巡らせても、瑛人の知る場所ではないことしか認識できない。壁は剝《む》き出《だ》しの丸太だから、ログハウスだろうか。

遮光カーテンのせいで、時刻も判然としない。

「どうして僕をこんなところに連れてきたんです?」

警戒心を募らせた瑛人が立て続けに問うと、青年

——否、凜は微かに眉を顰《ひそ》めた。それは訝《いぶか》しげというより悲しげな表情で、瑛人の心はなぜかざわめく。

「ここは軽井沢《かるいざわ》だ」

「軽井沢……?」

自分の意思に関係なく東京からいきなり長野に連れてこられた理由がわからずに、瑛人の声は不審でいっぱいになる。

まさか、誘拐《ゆうかい》されたのだろうか。

けれども、瑛人は天涯孤独の身の上だ。

身代金として引き出せる資産額など知れているし、そもそも要求する相手がいない。いわば、危険を冒して誘拐するメリットはないのだ。しかし実際にこんなところまで連れてこられたのだから、誘拐か拉致《らち》か、とにかくそのあたりだと認めるほかなさそうだ。

この部屋には凜と瑛人のほかにいない。

神経を集中させてみたものの、ドアの外に人の気配があるとも特に感じられなかった。

「仲間は?」

聞いても素直に答えないだろうと思ったが、凜は

「俺の?」と不思議そうに問うてきた。

「はい」

「おまえ一人連れてくるのに、仲間なんていらないよ」

くすりと笑った凜は、あっさりと答える。

「どういう意味ですか?」

自分が非力だと言われているようでむっとして、つい聞き返してしまう。

「おまえ、優しいからな。条件次第で言うこと聞くだろ」

「え」

その口調は、凜が瑛人を知っていることを裏づけていた。

「僕のことを知ってるんですか?」

「知ってるから連れてきた」

計画的な誘拐というのなら、なおさら不可解だった。

「理由を教えてくれませんか？」

「今はだめだ」

今は？

では、いつならいいのだろうか。

「悪いな」

謝りつつも、凜は悪びれる様子がまるでない。といっても、開き直っているというわけでもなかった。

その態度のせいか、瑛人が凜に対して感じるのは怒りや恐怖心というよりも好奇心に近いものだった。

「謝ってほしいわけじゃありません」

だいたい、誘拐犯にしては瑛人に対する扱いがおかしい。居丈高になることもないし、かといって懐柔するわけでもない。こうして瑛人を攫《さら》っておきながら拘束もしていないし、嘘か本当か、ここが軽井沢だとはっきり告げた。

そのうえ瑛人が持っていた鞄《かばん》は、部屋の片隅にきちんと置かれている。携帯電話が奪われていなければ、隙を見て警察に連絡できるだろう。

「連れ出した理由は、おまえと一緒にいたかったからだ」

今度こそ返す言葉を失い、瑛人は黙り込んだ。

知らない相手に告白めいた言葉で断言されると、少々不気味だ。

凜の口ぶりは揺るぎなく、常に自信を持ち、他人を率いることに迷いのないタイプなのだろう。どちらかといえば流されがちな瑛人自身とは、正反対の性格の持ち主に違いなかった。

だけど、どうしても意味がわからない。

自分には理解できない熱情をぶつけられたことに困惑し、瑛人は凜をまじまじと見つめた。

「それより、腹、減ってないか？」

瑛人の視線を真っ向から受け止め、凜は小さく笑った。

「……空いてます」

「なら、一緒に来いよ」

何げない言葉で誘われて、瑛人は戸惑いに頭を捻《ひね》る。

「どこに」

「下。夕飯の支度、できてるんだ」

誘拐犯にしては、あまりにも気軽だ。

「今、何時ですか？」

「九時過ぎだ。もしかして、運んでほしいのか？」

凜を一人で行かせれば、逃げ出す機会もあるかもしれない。だが、下ということは、少なくともここは一階ではないはずだ。瑛人の運動神経はそんなによくないので、たとえば窓に近い木の枝を伝って出ていく——などという芸当はまず無理だ。状況を見極めなくては、逃げるに逃げられない。今は様子を探ったほうがいいと瑛人は判断した。

「いえ、一緒に行きます」

「わかった」

凜が踵《きびす》を返したので、瑛人は慌ててベッドから下り、ベッドサイドに揃えてあった靴を履いた。彼もワークブーツを履いたままだから、土足でいいのだろう。

できれば正岡に電話をかけたかったが、よけいな動きをして取り上げられては元も子もないと、瑛人はいったんは携帯電話のことを思考の外に追いやった。

ログハウスの階段は急で、瑛人は足許《あしもと》を確かめつつゆっくりと階段を下りていく。瑛人の歩調に合わせているのか、凜もまた速度は遅い。

天井に取りつけられた灯りが、ぼんやりと二人を照らしている。

「あ」

目の前で凜の黒髪がさらりと揺れ、瑛人は思わず声を上げていた。

彼の白いうなじに、赤いものが見えたせいだ。

「何だ？」

怪訝そうな顔つきで、凜が振り返る。

「いえ、何でもないです」

まだこの家の暗さに目が慣れていないので、見間違いかもしれない。瑛人は急いで手を横に振った。

心配している瑛人の気持ちもわからないのか、凛はさらりと流そうとした。

「早いって……血が出てるのに？」

しかも、後ろから瑛人が見た限りではかなり大きな傷だったと思う。

瑛人が眉根を寄せると、凛はつまらなそうに頷いた。

「それに、首の後ろは自分じゃ見えないでしょう」

「もう治ったよ」

再び凛が首の後ろに手をやり、瑛人にその指を翳《かざ》す。確かに血はついていなかったが、瑛人は彼を信用しなかった。

「だめです。見せてください」

「意外と心配性だよな」

呆れているような楽しんでいるような声音に、凛が昔から自分を知っているのではないかという錯覚に囚われかける。

「心配性って、怪我している人がいたら心配するのは当たり前です」

「必要ないよ。怪我の治りは早い」

「怪我《けが》なんでしょう？　手当てしないと」

瑛人の言葉に、凛は軽く肩を竦める。そうした外国人じみた仕種が、嫌みにならなかった。

「どうして」

「見せてください」

まだ乾いていないのだろう、血がついていた。

彼は無造作に自分のうなじのあたりに触れ、それから指先を凝視《ぎょうし》する。

ひとつひとつ区切るように告げると、凛は「ああ」と頷いた。

「首に、血が……ついてるみたいで」

どことなく威圧的な凛の口調に、瑛人は無意識のうちに一歩後退《あとじさ》る。

「じゃあ、何だ？」

「嘘じゃ、ないです」

短く言われて、瑛人は一瞬、怯《ひる》んだ。

「嘘だ」

郵 便 は が き

101-0065

お手数ですが
切手を貼って
ご返送ください

東京都千代田区西神田3-3-9
大洋ビル3F
(株)大洋図書
SHY NOVELS 編集部行

住所 〒		
氏名	P.N	
性別	年齢	血液型
職業(学年)		
購入した本のタイトル [ ]		
お買い上げ書店名	区市町	書店
購入日	年 月	日

ハガキをお送り下さった方の中から抽選で100名様にSHY NOVELS特製グッズをプレゼントいたします。なお発表は発送をもって代えさせていただきます。

❁ご購入の理由をお教えください。(複数回答可)

1．書店で見て　2．作家が好きだから　3．友人に聞いて　4．広告を見て
5．当社のホームページを見て　6．その他（　　　　　　　　　　　　　　）

❁ 表紙のデザイン・装幀についてのご感想をお教えください。

1．よい　2．ふつう　3．わるい
（具体的な理由　　　　　　　　　　　　　　　　　　　　　　）

❁内容・装幀に比べてこの価格は？

1．高い　2．ふつう　3．安い

❁ 好きなジャンルに○、苦手なジャンルに×をつけください。(複数回答可)

1．学園　2．SM　3．芸能　4．歴史　5．サラリーマン　6．ファンタジー　7．ショタコン
8．年上攻　9．年下攻　10．血縁関係　11．三角関係　12．年の差　13．下剋上
14．ハッピーエンド　15．アンハッピーエンド　16．その他（　　　　　　　　）

❁ あなたが好きなレーベルはどこですか？（小社以外）

❁どんな内容の小説が読みたいですか？

❁今後、SHY NOVELSに登場してほしい小説家さん、イラストレーターさんをお教えください。

❁最近読んで面白かったボーイズラブ作品と作家名、面白いと思った理由を教えて下さい。

❁この本に対するご意見・ご感想をお書きください。

❁❁❁ご協力ありがとうございました。❁❁❁

先ほど見えた血はなまなましく、治っているとは到底思えなかった。

「相手が誘拐犯でも？　怪我をしてるやつは放っておけないのか？」

「当然です」

少しむっとした瑛人は、つい上目遣いに相手を睨《にら》んでしまう。気を悪くした様子でもなく、凛はおかしそうに笑った。

「面白いな」

「え？」

想像とはまったく別の言葉に、瑛人は拍子抜けした。

「無理やり連れてこられたのに、真っ先に人の心配するなんて、どこまでお人好しなんだよ」

「だって、今言ったとおりで……」

取り繕うように答えつつも、本当にそんな殊勝な理由だろうかと自分でも疑問を感じてしまう。

普段の瑛人であれば、どうしただろう。

目の前に怪我をしている人がいたら、放っておけるわけがない。医学生というだけでなく、瑛人の気性がそうさせるのだ。

でも、拒まれてしまえばさすがに人並みに躊躇い、退《ひ》くかもしれない。こんなに必死にならないだろう。

凛の怪我が気になる理由が、自分でも理解ができない。

「あなたを放っておけません」

結論が出ないまま、自分に言い聞かせるように瑛人が主張すると、彼はくすっと笑った。

そうだ。凛のことを、放っておけない。

「悪い、面白いって言い方はよくないか。褒めてるんだ。さっきも言ったけど、おまえは本当に優しいからな」

頭に大きな掌《てのひら》が載せられ、そのままぐいぐいと撫でられる。凛の強引な熱が、やけに心地よかった。

こんなふうに間近で誰かの体温を感じるのは、ずいぶん久しぶりだ。

「誤魔化さないで、見せてください」

先ほどの生乾きの血を見れば、まだ傷口が新しいことは明白だ。

「平気だって」

なおもそう言う凜を、瑛人はじっと見つめる。不満顔なのがわかったのか、凜は根負けしたように両手を挙げた。

「わかった、見てみろよ」

階段を下りきったところにいた凜が無造作に自分の髪を掻き分けたので、上段に立つ瑛人はまじまじと彼の首筋に目を凝《こ》らす。

何もない。

「あれ?」

いや、正確には傷は残っていた。

ただし、塞がったばかりと思《おぼ》しきピンク色の傷痕で、治療の必要性は感じられない。

「言ったろ。気はすんだか」

「……はい」

渋々同意すると、持ち上げていた髪からぱっと手を離した凜は「こっちだ」と右に曲がった。

一階は全体が、がらんとしたリビングダイニングになっている。手狭なログハウスで、煉瓦造《れんがづく》りの暖炉《だんろ》にはカバーがされ、ソファもテーブルも埃《ほこり》よけのビニールがかかっている。人の住む家にしては、生活感がなさすぎる。少し寒いのに、部屋の片隅の扇風機はいつでも使えそうなのに比べ、ストーブは古ぼけた箱から出したところのようだ。テーブルに載っていた雑誌も、夏のものだ。

「首の傷、自分でやったんですか?」

瑛人の質問に、凜がぱっと顔を上げる。その顔は能面のように強張っていた。

「どうしてわかった?」

「どうしてって……何となくです」

誰かに斬りつけられたり怪我を負わされたりしたのであれば、傷の深さや角度が微妙だった。

しかし、何かの治療の結果にしては、傷痕の処理もぞんざいだ。何よりも、治療された形跡がないような気がする。

　凜は黙り込み、瑛人の前に立ち尽くしていた。

　気まずい。

　問い自体にさしたる意味を込めていたわけでもなかったので、沈黙されると困ってしまう。

　いや、それよりも自分はどうして、誘拐犯を相手にこんなに気を遣っているのか。

「あの！」

　勢いよく顔を上げた瞬間、間の抜けたタイミングで瑛人の腹が鳴った。

　それを耳にして、ふっと凜が目許を和《なご》ませる。

「――食事にしよう」

「はい」

　不承不承頷いた瑛人は、うっかり床に落ちていた雑誌を踏んでしまう。

「あっ」

「おっと」

　転ぶ、と思った瞬間、凜が手を伸ばす。気づくと瑛人はその腕に抱き留められていた。

　一気に彼の体温が近くなる。

　心臓がひときわ激しく脈を打つのは、転びかけたことに驚いたせいだけではないだろう。

　……それでは、何なのか？

　意識しているのか。あるいは、凜が怖いのだろうか。彼が自分を攫ってここまで連れてきたから。

　それとも、凜が言外に示すように自分たちには何か過去の繋《つな》がりがあるのだろうか。

「僕、あなたと何か関係があるんですか？」

　しばらくその体勢のままでいた瑛人が凜に問うと、彼は瑛人の肩を両手で摑んだ。

「思い出したのか!?」

　勢い込んだ凜が早口で問うたので、あまりの勢いに驚いた瑛人は一歩退き、おずおず首を振った。

「思い出したっていうより、状況を考えれば自然に……」

　口籠《くちご》もりながら顔を上げると、いやに真剣なまなざしの凜が瑛人を見つめていた。まるで、瑛人の心の内側まで覗き込もうとするかのような、必死な目つきだった。

そのことに、なぜか不快感はない。

瑛人の記憶のどこかに、この美しい青年の姿があるのだろうか。だとしたら、どうして瑛人の中からその面影がすっぽりと抜け落ちてしまったのか。

こんなにも鮮烈な印象の人物を、一欠片《ひとかけら》も残さずに忘れてしまえるものなのだろうか。

落ち着いて考えてみれば、何か思い出せるのかもしれない。

軽く深呼吸をした瑛人は、凜の顔をじっと見つめる。

鮮やかな光を放つ金色の目。

そこに何か、思い出せるものがないだろうか。

埋もれている過去の欠片を、一つでも拾い出せるかもしれない。

「ッ」

頭に激痛が走った。

「く……」

あまりの苦痛に呻き声《うめごえ》が漏れ、瑛人はよろめいて木製のテーブルに手を突いた。それでも躰を支えきれそうになく、両手で頭を抱えた。

「瑛人」

手を伸ばした凜が瑛人の躰を抱き留め、倒れる前に再び自分の胸に引き寄せる。

あたたかい。

「平気か？」

「あたまが……」

弱々しくそう答えるのが精いっぱいだった。

苦しいけれど、凜の胸はひどく落ち着く。

そう、懐かしかった。

「わかってる。思い出さなくていいんだ」

「でも…」

「もういいんだ。何も考えるな」

そうだけど、思い出さなくてはいけない気がする。

苦しいけれど、つらいけれど、そうしなくては。

立っているのも難しく、膝《ひざ》が笑っている。

びっしりと汗が全身を覆い、頭がずきずきと痛んだ。

「よせ！」

今度はもっと強く言われて、瑛人は震え上がった。

はっと我に返り、のろのろと彼を見上げる。

「あの……？」

「悪かった、瑛人」

凜が瑛人の背中を優しくゆったりとさすり、宥《なだ》めるように「悪かった」と何度も囁《ささや》く。

凜にこうされると、やはり安心する。痛みが少しずつ遠のくようだ。

相手の肩に躰を預けているうちに痛みは去り、瑛人は人差し指の先で目に滲んだ涙を拭う。

「変なこと言って、悪かった。おまえを苦しめたくないのに、俺も往生際が悪い」

苦笑とともに紡《つむ》がれる言葉の真意が、瑛人には理解できない。だが、追及する気力すら起きなかった。

息が整うまで待っていた瑛人は、掠《かす》れた声で「もう平気です」と苦しげに告げる。

「まだ真っ青だ」

「けど、さすってもらって安心しました」

小声で瑛人は答え、凜の腕をぎゅっと摑む。得体の知れない男だが、それでも、凜のぬくもりが瑛人を安心させたことには変わりがない。

瑛人はどこかでこの体温を知っていたのだろうか。

このあたたかな腕と、広い胸を。微かに髪や膚に触れる、凜の息遣いを。

「よせよ、瑛人。そんなこと言うな」

どことなくつらそうな声が凜の薄い唇から零れ、瑛人は訝しげに相手を見上げた。

間接照明のためにあたりは仄暗《ほのぐら》く、凜の表情が淡く彩《いろど》られている。

「どうして？」

お礼を言って何が悪いのか、瑛人にはわからなかった。彼は誘拐犯だが、瑛人を気遣ってくれたのは事実だ。

「俺はおまえに、過去を思い出させようとした。痛い目に遭わせるとわかっていながら、記憶をこじ開けようとした。それに……」

凜は言葉を濁し、それから意を決したように軽く表情を引き締める。

いったいどんな告白をされるのかと、瑛人も身構えた。

「俺はおまえが好きなんだ」

鼓膜をくすぐったのは、あまりにも意外な言葉だった。

「え？」

たかだか数時間前に会ったばかりの人間に言う台詞《せりふ》ではない。凜のように魅力的な美青年がそういう言葉を口にすれば、世間知らずの大学生くらい意のままにできるとでも思っているのだろうか。

嬉しさよりも先に、不審感が瑛人を襲った。

「意味が、わかりません」

素っ気なく答えた瑛人の言葉にむっとしたのか、凜の目がちかりと光ったように思えた。

一歩彼が足を踏み出し、間合いをさらに詰めてくる。

「好きだ」

吐息が触れそうなほどの距離感で迫られ、瑛人は後退ろうとする。けれども、すぐにソファにぶつかってバランスを崩しかけ、そこで身動きできなくなった。

「そういう冗談、やめてください」

凜のセーターが唇に触れそうなほどの近さにあり、瑛人の許容できる身体範囲を超えている。

彼のセーターの腹のあたりを押そうとしたが、凜は険しい顔で瑛人の両肩を支えた。

「冗談？」

「ええ」

唐突に、凜が瑛人の肩を掴む手に力を込める。

「あっ！」

視界が反転した。

勢いよくソファに押し倒された瑛人は、自分に覆い被さる凜をぼんやりと見上げた。

「わかるように何度でも言ってやる。おまえが好きだ」

射竦めるような、強い目。

「おまえになら、何度殺されてもいい。俺はおまえが、好きなんだ」

殺す？

どういう意味だろう。

「好きだ」

ほんの数十秒のあいだに、何度好きと言われたか数えることもできない。

喉から振り絞るような切実な告白に躰が竦み、指一本たりとも動かせない。

文字どおり凍りつき、震えるように呼吸しながら凜を見つめるばかりだった。

これまでにも告白をされたことはあるが、ここまで情熱的で、なおかつ同性からというのは初めてだ。

得てして瑛人の周囲の連中はもっと温度が低く、こんなふうに熱意をぶつけることはない。

だからこそ、相手の理不尽な熱情に炙《あぶ》られて、焼《や》け焦《こ》げるのではないかと怖かった。

「それだけが伝えたかった」

だったらもう家に帰してください、という可愛げのない言葉を、瑛人は心の中にしまい込む。

怖いのに、どうしてなのか目を逸らせない。

信じられないという気持ちは残るものの、こんなに熱い思いをぶつけられても、嫌ではなかった。

「あの、凜、さん」

まるで星が瞬《またた》くように。

その二つの音でできた名を呼ぶと、舌が甘く震える気がした。

「さっきも言ったろ。凜、だ」

「凜」

凜。

もう一度その名を呼ぶ。

「…」

無意識のうちに瑛人は手を伸ばし、凜の頬におずおずと触れる。

これはきっと……自分の意思じゃないはずだ。

なのに、触れたくて触れたくてたまらない。

まるで誰かに操られているかのように、瑛人は凛に自然と手を差し伸べて触ってしまう。

「だめだ、瑛人」

「えっ」

凛の声に瑛人は我に返った。気づくと凛は目をぎゅっと閉じ、苦悩を堪《こら》えるように眉を顰めている。

どこか痛いのだろうか。

「具合悪そうですけど、平気ですか?」

「ああ」

目を開けて瑛人を見下ろす凛の額には、うっすらと汗が滲んでいる。いったい何に耐えているのかと聞きたかったが、聞けば後戻りできなくなりそうで、怖い。

「悪かった」

吐息混じりに呟いた凛に力強く押し退けられ、瑛人ははっとする。

「……飯にしよう」

やっと落ち着いたのか、打って変わって静かな声で凛が告げた。

「はい」

凛は夕食として、レトルトのカレーを用意していたが、サラダも付け合わせも何もない。米飯はここで炊いたらしく、旧式の炊飯器がカウンターキッチンに置いてあった。

何か妙なものでも入っているんじゃないかと不安はあったものの、警戒し続けても疲れるだけだと、さっさと気持ちを切り替える。

「いただきます」

「どうぞ」

瑛人のカレーはいつも手作りなので、レトルトは久しぶりだ。食べている最中に、先月作った野菜カレーが冷凍庫で眠っていることを思い出した。じゃがいもを抜いて冷凍するのは、母に教わった生活の知恵だ。

こんなふうに脈絡《みゃくらく》のないできごとはいくらでも思い出せるのに、凛のことだけはどうしても記憶から掘り起こせない。

「ここ、軽井沢でしたよね。別荘か何かですか?」

三分の一ほど食べたところで、沈黙に耐えられなくなって切り出した。

今はカレーの匂いで誤魔化されているが、先ほどまで黴臭《かびくさ》かった。どこか埃っぽいし、換気が不十分なようだ。

交通量がさほど多くないことは、外から風の音くらいしか聞こえない事実が裏づけていた。

「そうだ」

瑛人のはす向かいに腰を下ろした凜は、グラスに注いだ水を飲んだ。

「あなたの別荘ですか?」

「まさか」

口許を手の甲で拭った凜の返答は端的だった。

「じゃあ、誰の? 貸別荘とか?」

「知らないよ。不法滞在だからな」

けろりと答えられて、瑛人は目を瞠《みは》る。

屋内が薄暗いのは、ここに潜伏しているのを他人に知られないようにという配慮だと思っていた。だが、赤の他人の別荘に忍び込むなんて、瑛人を誘拐したことといい、大胆というより無謀さが窺《うかが》える。

「冬以外はしょっちゅう使ってるみたいだから、電気も水道も止めてない。不用心だよな」

呆れたような口調に、不法侵入したのは凜のくせにとおかしくなる。

「どうして、こんなところに僕を連れてきたんですか?」

「邪魔が入らない場所に来たかったんだ」

空になったグラスをテーブルに置き、凜が真顔で言った。

「そんなの、東京にだっていくらでもあるじゃないですか」

「つまり……俺には面倒な上司がいるんだ。そいつは俺の私的な事情にまで踏み込んできて、休暇中のことにまで文句をつける」

一種のパワーハラスメントだろうか。それに納得したわけではないが、凜の有無を言わせぬ調子に瑛人は仕方なく引き下がった。

「先に食べれば？」

「あ、はい」

気づくと、凜のカレーはだいぶ冷めている。瑛人には勧めるくせに、凜のカレーは未《いま》だに手つかずだった。

「そいつは俺がおまえと接触するのを嫌がって、いつも邪魔しようとする。だから、都内はやめたんだ。見つかりやすいからな」

「はあ」

「さっきの傷も、そいつにチップを埋め込まれてたんだ」

「首に？」

「そうだ。ペット用にあるだろ」

信じられない。

冗談だろうと言いたかったが、凜の視線は真っ直ぐで、嘘をついているとは思えない。

これは夢の続きなのだろうか。

凜の話はひとつひとつが非現実的で、すぐには信じられない。そのくせ、嘘をついているようでもないから、たちが悪かった。

「用心深いやつなんだ。これも賭のうちだけど、あいつはなかなか隙《すき》を見せない」

「……はい」

瑛人は不明瞭《ふめいりょう》な相槌《あいづち》を打つ。

自分から持ち出せる話題もなかったので、食卓はすぐに静まり返った。

瑛人の持ったスプーンが皿にかちゃかちゃと当たる音だけが、あたりに響く。

情報を整理する時間が欲しかった。

食事を終えた瑛人がそれをシンクに持っていくと、凜が「そこに置いとけよ」と言う。

「はい」

「風呂、入るだろ？」

「え……はい、できれば」

食後すぐに風呂というのも急だったが、これ以上情報を与えられて混乱する前に、一人になって考える時間が欲しかった。

凛はキッチンの隣に据《す》えられた、木製のドアを指さす。

「歯ブラシ、新しいのを洗面所に置いてある」

「わかりました」

バスルームは掃除をしたばかりのようだし、石鹸《せっけん》やシャンプー、コンディショナー、バスタオルなどのたぐいも真新しい。

風呂の隣は勝手口になっているらしく、もう一つドアがあった。

誘拐されたわりには、自由度が高いのが意外だった。

さっきだって立ち上がったときにナイフを手に取れば、凛を脅《おど》すことくらいできたかもしれない。

それとも、瑛人にはそんな勇気はないと思われているのだろうか。

服を脱いでバスルームに入った瑛人は躰と頭を手早く洗い、浴槽に身を沈める。

湯のあたたかさが、じんわりと全身に伝わってくる。

――わからない。

凛と自分はどこかで顔を合わせているのだろうか？

先ほどの激しい頭痛。

それから、惹《ひ》かれるように触れてしまったこと。

女性と手を繋ぐことだってできない自分が、自ら凛の頬に触れたのだ。大胆なことをやってのけたと、瑛人は真っ赤になった。

「うーん……」

声に出してみたものの、解決策は思い浮かばない。

この土日はレポートを仕上げるつもりだったので、それが延期になったことが惜しかった。

それに、あの作文のことだってある。

忘れてしまった兄のことといい、自分の記憶が想像以上に穴だらけなことに、瑛人は言い知れぬ不安を覚えていた。

自分の知らないところで何かが起きているような、

得体の知れない不安だ。

今夜はどう考えても帰れそうにないが、できるだけ早く凛を説得して、家に帰る方向に仕向けなくては。

風呂から出て着替えを済ませて、キッチンへ向かう。凛はまだ、カレーに手をつけていない。視線を巡らせると、彼はリビングのソファに腰を下ろしていた。

「り…」

思わず、言葉を切る。

彼は両手でこめかみのあたりを押さえ、目を閉じている。先ほど瑛人を押し倒したときと同じように、表情はひどく苦しげだ。

苦悶《くもん》の顔つきになぜか色香を感じ、瑛人の心は激しく震える。

いったい自分の心は、何に反応しているのだろうか。

「凛」

返事はない。よほど苦しいのだろうか。状況をよそに高鳴る胸のざわめきを、不安が掻き消した。

「凛！」

今度は先ほどよりも強く呼びかけ、彼の肩に手をかける。

「！」

面《おもて》を跳ね上げた凛の顔色は、瑛人が息を呑《の》むほどに悪く、額には汗が浮かんでいた。

「あ……悪い」

思ったよりもずっと、弱々しい声だった。

「どうしたんですか？」

「……抑制《よくせい》を待ってる」

「抑制？」

一瞬、理解できなかった。

医学用語では、抑制とは『昂奮した神経細胞を他の細胞が鎮《しず》めること』を指す。それを知っていただけに、凛の今の状態と言葉の意味とが繋がらないからだ。

「思ってたより、おまえのそばにいるのはきつい」

吐息とともに、凛は厳しい台詞を口にする。

「何ですか、それ……」

まるでナイフのように、その言葉が瑛人の心に突き刺さる。

それならどうして、誘拐したのだろう。

なぜ瑛人を攫い、そばに置こうとしているのか。

「離れてくれ、瑛人」

次は明白な拒絶だった。

さんざん自分を戸惑わせた挙げ句の凜の発言に、困惑する一方だった瑛人もさすがに腹が立ってきた。

「どういう意味ですか」

「意味？」

問い返す声に力がないが、ここで退くほど優しくものわかりよくもなれない。

悔しかった。

「こんなところに連れてきたり、思い出せとか、忘れるなとか、人を混乱させて、そのうえ近寄るな、ですか？　勝手すぎじゃないですか、そういうの！」

弱ってる相手への配慮も忘れて言い募る瑛人を見上げ、凜は唇を歪めた。

「一番大事なことを飛ばしてる」

「え？」

「好きって言ったはずだ」

かっと頬が熱くなる。

一番不可解で、それでいて信じ難い言葉を易々《やすやす》と口にできるわけがない。しかも、たった今その張本人に拒絶されたばかりなのだ。

「そ、そんなことどうでもいいでしょう？　今はあなたのことです」

「俺が、心配だっていうのか」

蒼褪《あおざ》めた凜が、真顔で尋ねる。

「はい」

彼と目を合わせたままの瑛人が素直に頷くと、間近で自分を見つめる凜が喉の奥のほうで唸った。

「……熱、いいですか？」

言いながら、凜の額に手を伸ばそうとした。

触れるか触れないかの距離感で彼が手を振り払う。

「よせよ」

「でも、顔色が悪い」

眉根を寄せ、瑛人は凜の金色の瞳を覗き込む。

今のやりとりで、ますます具合が悪くなったのかもしれないと思ったのだ。

「……限界だ」

凜の放った言葉の意味を理解するのと、瑛人が凜に腕を引かれてその広い胸に落ちるのはほぼ同時だった。

「うわっ」

バランスを崩した瑛人は凜の胸を肘で突いてしまったが、彼は意に介さない様子だった。

「すまない、でも……だめだ」

「何が」

「とにかく、すまない」

謝られたって、何が何だかわからない。

「きちんと説明してください！　わけのわからないままにしたりしないで」

「あとで、ちゃんと言う」

「あとで？」

そのあとで、凜は予想外の行動に出た。

「ひゃ」

首を傾げる瑛人の首筋に凜が顔を埋《うず》め、匂いを嗅《か》ぐように鼻をひくつかせたのだ。

彼の唇が、微かに触れてくすぐったい。

「あの……」

狼狽《ろうばい》して声を上げる瑛人のすぐ近くに、凜の端整な顔がある。

「好きだ」

さっきから何度も繰り返された言葉なのに、その単語が改めて胸を射貫《いぬ》いた。

凜の乾いた唇が、瑛人のそれを塞いだ。今度のくちづけは最初のものよりずっと深く、彼の舌が唇を割り、歯列に触れてくる。

「！」

凜の舌が口内に忍び込もうとしたので、瑛人は反射的に歯を食い縛ってそれを阻んだ。

「好きだ」

顔を離した凜が、瑛人にそう囁く。

「好きだよ、瑛人」

どうして。

どうしてそんなせつない顔をして、自分に告白をするのだろう。

その言葉を聞くと、心臓が激しく脈を打つ。

「凜…」

話しかけようとした瑛人の顎《あご》をぐっと掴み、凜はそのまま力を込めて口を開かせた。

凜の端整な顔が近づき、またも唇を押しつけられる。

「ッ」

舌が、入ってきた。

「んん……」

熱い舌が瑛人の口腔《こうこう》を傍若無人に這い回り、やわらかい粘膜を無遠慮に擦《こす》る。

「うう…ん…ッ…」

こんなキス、初めてだった。

他人の舌端《ぜったん》に口中を探られる卑猥《ひわい》な動きに、躰からかくんと力が抜けていく。顎を伝って零れる唾液が気持ち悪いのに、拭うことさえできなかった。

息継ぎのあいだに、何度も「好きだ」という言葉が紡がれる。

今、やっとわかった気がする。

凜がどういう意味で、瑛人を好きだと言い続けたのか。

しかし、その原動力を理解できない。

思案しようとすればするほど、その異質な感覚に脳が酔っていく。

「んん…ッ…ん、」

……これって……気持ちいいってことなのかな。

ぼやけていく思考の中、瑛人は自分に問いかける。

「瑛人」

熱っぽく囁く凜の声を聞いていると、自分の体温まで上がりそうで、瑛人は彼の腕の中で身動いだ。

「瑛人……」

なすすべもなく相手の行為に引きずられそうになるのは、凜があまりにも切実に瑛人を呼ぶからなのか。

「待っ…」

落ち着くためのささやかな時間が欲しい。

瑛人は何度も「待って」と口にしたが、凜はまるで聞き入れようとしなかった。

力の入らない腕で凜を押し退けようとするうちに、バランスを崩して躰が横倒しになった。

「あ」

ソファに押し倒された瑛人の心臓は、激しく戦慄《わなな》く。

「瑛人」

瑛人の首に凜の息がかかっている。

そう意識した次の瞬間には首に軽く嚙みつかれ、瑛人は小さく悲鳴を上げた。凜がぴくりと耳をそばだてたのは一瞬で、すぐに彼は瑛人のセーターを捲り上げ、デニムに手をかけた。金具のひとつひとつを外されていることに気づき、瑛人は頼りなさに躰を捻る。

これから何が起きるのか、想像もつかなかった。

「凜、待って」

何度目の懇願か、もう数え切れない。

「待たない」

真剣な声だった。

何をされるのかわからないという不安に抗《あらが》おうとしたが、体格差ゆえにどうあっても凜をはねつけられない。力を出し切れない瑛人は、彼の下で弱々しく呻いた。

「どうして…?」

「わかるだろ。これ以上待てないんだ」

凜が両膝を瑛人の尻の下に入れ、腰全体を浮かせる。

こんな恥ずかしい格好は、何よりも嫌だ。

「やだ！」

これでは下腹部が丸見えになってしまうと瑛人は逆らおうとしたが、足の先に丸まったデニムが邪魔で身動きが取れない。

凜が尻の狭間に触れてきたので、瑛人は真っ赤になった。

「やめて！」

呆気なく、恐怖が陶酔を凌駕《りょうが》した。

「じっとしてろ」

「うあっ……！」

微かに濡れた指を捻《ね》じ込《こ》まれて、痛みから瑛人は悲鳴を上げる。ぬめりが足りないと気づいたのか、凛は自分の指を咥《くわ》え、もう一度人差し指を突き立ててきた。

「…ああッ」

鋭い悲鳴が溢れる。

あっという間に脂汗が額に滲み、異物の挿入に躰が強張った。

痛い。

ほかにどんな単語も思い浮かばない。先ほどの頭痛が子供騙《こどもだま》しだったと思えるほどの過酷な痛みに、瑛人は目を瞑《つぶ》った。

「んう…く……んー…ッ…」

どうやって呼吸をすれば楽になるのか、わからない。

こんなに痛い目に遭うのは初めてで、瑛人は声も出せなかった。そのあいだも凛の指は瑛人の体内を這い、何かを確かめようとしている。

「う…うっ……」

苦しくてたまらない。

それでも躰が少しずつ指に馴染み、ようやく胸の動悸《どうき》も収まってくる。瑛人がぐったりと力を失っていると、凛がやっと指を抜いてくれた。

「ふ……」

はあはあと大きく息をしている瑛人の右脚に絡まっていたデニムと下着を引き抜くと、凛はそれを床に投げ捨てる。乱暴な行為に、瑛人は不安を覚えた。

「凛……？」

昂奮しているらしく、凛の白い頬がわずかに赤みを帯びている。無言のまま彼は瑛人の足をそれぞれに抱え、軽く開かせた。いったい何をされるのかと怯《おび》える瑛人の前で、凛が自分の衣服を緩める。既に力が漲《みなぎ》った他人のものを見せつけられ、瑛人は唐突に現実を理解した。

「やだ……ーっ」

後半が本物の悲鳴に変わったのは、凛が容赦なくそれを押し込んできたからだ。

無理に決まっている。入るわけ、ない。

「う、ぅ…っ…」

躰の内側から生じる激痛に、溢れ出した涙で目の前が霞《かす》む。

壊れそうなほど大きくそこを拡《ひろ》げられ、息もできない。指などとは比にならない異様な感覚と苦痛に、瑛人は口を開けて何かを言おうとする。しかし、舌が痺れたように言葉にならず、瑛人の指は虚しくソファを掻いた。

「瑛人」

これは暴力だ。

思いの伴わない行為など、つらいだけのはずだ。

なのに。

——なのに、躰の奥底で何かが渦巻いている。

熱いものが。

「瑛人……」

やわらかく自分を呼ぶ、せつなげな凜の声。

それが瑛人の中にある感覚を呼び覚まそうとする。

痛みだけではないものが、じわりとした疼きになって下腹部に溜まっていく。

これは——？

「熱い、おまえの中……」

凜の台詞のいやらしさに、瑛人はぞくりとした。

凜を受け容れたことで生じる熱に、全身が痺れてくる。

「や…だ……嫌だ…っ…」

涙と汗が目に入って、痛くて目を開けていられない。

凜が今、どんな顔で自分を貪《むさぼ》っているのか、瑛人にはそれすらわからなかった。

「瑛人……瑛人……」

熱情を孕《はら》んだ声が瑛人の鼓膜をくすぐり、凜の動きが加速する。

「…やあッ、…痛い、いたい……やだ……」

嘘だった。

違う、痛いだけじゃない。

怖い。

これを——覚えている。

自分は、この行為を識《し》っているのだ。

躰が、覚えている。

そう意識した刹那《せつな》、凜を捻じ込まれた部分がきつく震えた気がした。

「や、あっ」

どうしよう……。

気持ちがいい。

躰の奥がじわじわと熱くなってきている。

「締めつけるなよ」

「……やだ……」

何が起きているのか、自分で自分がわからない。

「嫌か？　よさそうなのに」

うっとりとした凜が耳打ちし、首に鼻面を押しつけてくる。

「ちが……」

だから、怖い。

知らないはずのことを知っていて、それに溺れかけているのが怖い。

これが気持ちいいと、躰が勝手に認識している。

流されそうだ。

怖い。

怖い……。

「痛い…凜…ッ…」

凜が動くたびに瑛人は小声でそう訴えたが、彼は容赦なく瑛人の体内に己自身をたたき込む。人形のように揺さぶられながら、瑛人は凜に征服される苦痛を味わっていた。


暴力としか表現しようのない時間は、実際にはそう長くはなかったはずだ。けれども、瑛人には永遠にも感じられた。

呆然とソファに横たわったまま瑛人が身動ぎをすると、足許に腰を下ろしていた凜がはっと振り返った。

「瑛人」

今し方自分がされた行為を反芻《はんすう》してみても、何がきっかけでああなったのかが把握できない。躰を動かそうとしただけで、無理な体勢を強要された下半身が激しく痛んだ。

べたべたした汗や体液が、気持ちが悪かった。

「無理して、悪かった」

凛の謝罪の言葉は、おそらく真摯《しんし》なものだろう。だが、真剣に謝られたところで許せるはずがない。

「………」

声が出ない。

触れようとする凛の手を、瑛人は反射的に振り払った。

「瑛人？」

のろのろと身を起こした瑛人は、ほとんど脱げていたシャツの乱れを直す。

「悪いなんて、思ってないくせに」

詰《なじ》る声が、みっともなく嗄《か》れかけていた。

「思ってるよ」

奥手な瑛人にも、これが強姦だと理解はできていた。こんなことのために、凛は自分を連れてきたのだろうか。

汗に濡れた躰も彼の手が這い回った膚も、何もかもが気持ちが悪く、早くシャワーを浴びたかった。

「どいて」

凛を押し退《の》けるようにして瑛人は立ち上がった。腰がずきずきと痛むが、気にしていられない。そう思ったものの、あまりの痛みに数歩も進めず、瑛人はその場にへたりとうずくまった。

「無理するなよ。何したいんだ？」

凛の手が、瑛人の二の腕に触れる。

「触るな！」

支えようとする手を、瑛人は再び乱暴に払いのけた。珍しく頑《かたく》なな態度の瑛人に、凛が怯んだように動きを止めた。

「——どうして怒るんだよ」

「怒るに決まってます！」

「おまえだって、思い出したんだろ！」

今度はぐっと両腕を摑まれて、瑛人は目を瞠った。避けるまでもなく、また彼の体温が近くなる。

「俺に抱かれて感じてたくせに！」

凜が苛立ったように声を荒らげる。

瑛人は一瞬、言葉に詰まった。

「か、感じた…かもしれないけど、でも、何も思い出してません」

感じたという恥ずかしい単語は早口になったが、瑛人は強い口調で言い切る。

凜は見ず知らずの相手だ。

好きだとか思い出せとか、そんな言葉をぶつけて……この男は勝手だ。瑛人の気持ちを思いやっているようで、本当は一片たりとも気遣ってはいない。

「思い出してないのか」

背中に声をかけられたが、瑛人は答えなかった。

「本当に覚えてないのか⁉」

悲痛な声で怒鳴りつけ、凜ががつんと壁を殴った。

振り向かずに、瑛人はいざるようにして浴室へ向かった。

「………」

服を脱いでおざなりに躰を流しているうちに、自分の体内から何かが溢れ出す。それが何かを考えるまでもなく判明し、気分の悪さが加速した。

石鹸で何度も何度も全身を擦《こす》り、躰がひりついてきたのでようやく手を止める。もう一度湯船に浸かっているうちに、躰が震えてきた。

気分が優れずに、吐き気がしてくる。

——初めてだった。

誰かと抱き合うのは、初めてのはずだ。

いや、抱かれるなんて発想自体がなかった。

指を挿れられるのは怖かったし、痛かった。気持ちよくなんてなかった。なのに、凜に躰を繋げられたときに感じたのは、苦痛だけではなかったのだ。

そして、それを凜も気づいていた。

男同士であることに、嫌悪感はなかった。

そういう物差しで人を見ることは、昔からしなかったからだ。

だけど、瑛人自身の中に、自分でも理解し得ない部分があると思い知らされたのが、何よりもショックだった。

再びダイニングに戻ったときには、凜の姿はなかった。

外で頭を冷やしているのかもしれない。

この隙に逃げ出したかったが、躰が痛くて気力が湧かない。

とにかく少し横になろうと、瑛人は重い躰を引きずるように二階へ向かう。階段を上がるのはつらかったが、あのソファに横たわるのだけは絶対に御免だ。

寝室のベッドに身を投げ出し、瑛人はそのまま目を閉じた。

「ん……」

目を覚ました瑛人は、瞼《まぶた》を上げる。

気づけば、躰の痛みはだいぶ治まっている。腰が一番つらいが、それも何とかなりそうだった。

あたりを見回しても、凜の姿はない。ソファで寝ているのだろうかと思うと可哀想な気もしたが、もとはといえば彼が悪い。

事情も話さずにこんなところに連れてきたことも、あまつさえ瑛人を強姦したことも。

好きだという言葉が免罪符になるというのが凜の考えなら、それは間違っている。

止まることなく怒りが沸き起こる。嵐のような瑛人の心とは裏腹に、あたりはひどく静かだった。

自宅にいれば、こうして目を閉じているとどこか物音は聞こえてくる。自動車やバイクの走行音、犬の鳴き声、人の話し声、さまざまな生活音というものだ。しかし、ここにはそんな他人の生命の営みに繋がる音がほとんど聞こえない。

耳を澄ましても、風が梢《こずえ》を揺らす音が届くばかりだ。

唐突に恐ろしくなった瑛人は、躰を気遣いつつ立ち上がった。

部屋の片隅に転がっていた自分の鞄を手に取る。ファスナーを開けて中身を確かめると、携帯電話や財布、昼間受け取った青いファイルは無事に入っていた。

メールは特に届いていなかったが、この携帯電話が自分と社会の最後の接点だ。

帰ろう。

とにかく、一刻も早くこの場所から離れたい。

こんな非日常の中にいると、自分までおかしくなりそうだ。

それでなくとも、この青いファイルのせいでだいぶ心が乱されていたのだ。

コートはハンガーにかかっていたので、それを急いで羽織《はお》る。

足音を忍ばせて階段を下り、玄関のドアからするりと抜け出す。

「…………」

外界は闇で満ちていた。

どうやら、長い夜はまだ明けていなかったようだ。

軽井沢というから華やかな別荘地を想像していたが、予想よりずっと閑散としており、周囲は鬱蒼《うっそう》とした木立だった。街灯一つなく、足許を照らし出すのは星明かりと、頭上にある半月だけだ。右手は長い坂になっているが、下方で光が見えた気がしたので、そちらに向けて歩きだすことにした。

都会よりも空気が綺麗で、秋ということもあって星が冴え冴えと見える。

とにかく今は、凛から離れたかった。

なのに、離れたいと願う一方で、自分でもびっくりするほど足取りが重かった。疲労のせいかと思ったもののの、それが原因ではないみたいだ。

頼りない光の下、まったく知らない土地を歩くのは不安だからだろうか。携帯電話のアプリで場所を確かめようとしたが、あいにく圏外のようだ。バッテリーが惜しかったので、仕方なく電源をオフにする。

どうして、凛は自分をここに連れてきたのだろう。

書きかけのレポートの続きでも考えればいいのに、瑛人の心は不愉快な相手のことでいっぱいだった。

凛と自分の関わりが、思い出せない。

凛のことを思い出そうとすればするほどに、頭の中にかかったミルク色の靄《もや》が濃くなる。

「！」

頭上からいきなり誰かの声が聞こえ、びくっと肩を竦ませて足を止める。それが梟《ふくろう》の鳴き声だと気づくのに、多少の時間を要した。

……一人だ。

不意に自分がこの世界に一人きりにされてしまったような感覚に襲われ、瑛人は何とも言えない焦燥に駆られた。

足は鉛《なまり》のように重い。

凛が悪いのだ。互いにわかり合う余地もないまま暴力をふるわれたことを、許せなかった。

だいたい、思い出せなんて言われたって無理だ。

覚えていないのだから。

瑛人だって、できることなら思い出してやりたい。あんなにせつなげな声で「好きだ」と連呼する凛に、答えをあげたい。

でも、無理だ。

記憶にない以上は、凛は瑛人にとって知らぬ相手だ。

ずきりと腰が痛くなり、先刻の乱暴な行為を思い出してしまった瑛人の頬はかっと熱くなった。

何度思い返しても、強引に躰を繋げられたときの自分の反応が、一番不可解だった。

強姦されて、気持ちよくなるわけがない。なのに、あのときの瑛人は快楽に足を取られ、それゆえに凛から逃げられなかった。

知っている、と思ったのだ。

あの快楽を。

頭は忘れていても、躰が覚えていた。

「まさか」

思わず独り言が漏れる。

同時に、左手の茂みからがさりと音がした。

……なんだ？

誰かがいる。

急に瑛人は現実に引き戻された。

凜が追いかけてきたのだろうか。

一瞬そう思ったが、それならば茂みに潜り込んだりしないだろう。

ぐるる、という唸《うな》り声《ごえ》が耳に届いて瑛人はその場で立ち竦んだ。

「………」

緊張状態で一気に感覚が研ぎ澄まされたらしく、この茂みの中にいる獣の息遣いを鮮明に感じ取る。

軽井沢には野生動物が多く、時には熊が出ると聞いたことがあったし、この時期にうろつく冬眠しそびれた熊は飢えて気が荒いという知識くらいある。

それゆえに、怖くて動けなかった。

馬鹿な真似をしたと、今さら後悔しても遅い。

助けを求めたくとも、このあたりに人気《ひとけ》がないのは周囲を見回せば明白だ。

恐怖がひたひたと水位を上げてくる。

どうしよう。

がさがさと茂みが揺れ、何かの足音が近づいてくる。

怖い。

「凜……」

自然と、その名前が唇から零れた。

相手は誘拐犯で、ついさっき瑛人に乱暴をした男だ。そのうえ平然と開き直り、あまつさえまだ思い出せないのかと迫った最低な男だ。

でも、今は凜しか思い浮かばない。

凜。

「…助けて…凜…」

下手に動けば襲われるかもしれない。

恐怖に躰が凍りつき、指一本動かせなかった。

茂みを歩き回る音が、次第に近づいてくる。

そのときだった。

背後から軽やかな足音が聞こえ、黒い塊《かたまり》が瑛人の頭上を飛び越えた。

「あっ！」

大型犬だ。

いや、違う。

最初は犬に見えたが、動きがまるで違う。

小さな耳、逞《たくま》しい四肢、犬よりもっと俊敏な肉食獣だ。

黒い獣は激しい唸り声を上げ、相手を威嚇《いかく》する。

茂みの中からも、それに呼応する低い唸りが聞こえてきた。

睨み合っているのか、両者は動こうとしない。

長い時間が過ぎたあとに、茂みにいた獣がごそりと動いたのがわかった。諦めたらしく、足音が少しずつ遠のいていく。

躰から一気に力が抜け、瑛人はその場にがくりと膝をついた。

助かったのだ。

「…！」

だが、こちらを振り返った肉食獣の姿を改めて認識し、瑛人の心臓は再び大きな音を立てた。

豹《ひょう》だ。

信じられないことに、そこにいるのは毛並みの美しい一頭の黒豹だった。

嘘、と唇だけが震える。

日本で、しかも軽井沢に豹が出るなんてあり得ない。

爛々《らんらん》と光る金色の目。

鮮やかな輝きを放つ瞳を見つめていると、心が落ち着いてくる。相手は野性の獣だというのに、なぜか瑛人は恐怖ではなく安堵を覚えている。

動物園や写真でしか見たことのない生き物は瑛人に近寄ると、だらんと垂れ下がったままの手をぺろりと舐めた。

その甘えるような行為がくすぐったく、緊張が少しずつ解けていく。

「助けて、くれたの……？」

黒豹が頷くように頭を数度振り、それから、瑛人のコートの裾《すそ》を噛んで軽く引っ張る。

ついてこい、とでもいうように。

導かれるように一緒に歩きだすと、黒豹は今来た道を戻っていく。

先ほどより足は軽いが、まだふらついている。ログハウスへ戻った瑛人は、その門の前に佇《たたず》んだきり動けなかった。

ログハウスは灯り一つ点いていない。凜は瑛人の不在に気づかず、まだ寝ているのだろうか。

黒豹がドアをとんと叩いても、瑛人は動かなかった。それに気づいたらしく、黒豹が振り返る。

「……戻りたくないよ」

豹に訴えたところで仕方がないけれど、瑛人はそう呟いていた。

「あんなこと、されたんだよ。謝られたって、許せるわけない。僕をここに連れてきた理由だって教えてくれないのに！」

まるでモモを相手にするときのように、瑛人は自然に自分の気持ちを口にしていた。我慢していた感情が一気に昂《たかぶ》り、涙で視界がぼやける。

黒豹は尻尾《しっぽ》を丸め、肩を落とすかのように俯いてその場に座っている。

それがまるで凜の代わりに反省しているみたいで、わずかに気持ちが解《ほぐ》れた。

「……わかった、入るよ」

凜に対して怒りはあるが、このまま夜更けに歩き回っていても得策ではない。それに、少し気分が落ち着くと、凜ともう一度話し合ってもいい気がしてきた。

瑛人は大きく呼吸してから、ドアのノブに手をかけた。

静かに部屋に入った瑛人は、玄関のところで何かやわらかいものを踏んでぎょっとする。

「何、これ……」

凜の着ていたセーターとデニムだった。まだあたたかいが、どうしてこんなものがこの場に脱ぎ捨てられているのだろう。

「凜？」

思わず呼びかけてみたが、返事がない。

「凜！」

さっきと同じだ。

再びこの世界にたった一人取り残されたような不安に襲われ、瑛人は声を張り上げた。

瑛人の言葉を無視し、黒豹はその場にうずくまる。

「ねえ」

呼びかける声が途切れたのは、黒豹がぶるんと大きく震えたせいだ。

「！」

声もなく、瑛人は獣の変容に見入った。

豹の黒く輝いていた美しい毛並みが、白いものに変わる。同時に肩のあたりがぼこりと大きく歪み、全身が撓《たわ》んだ。

「うそ……」

豹の骨格全体がぐにゃりとかたちを変えたと思った瞬間には、前肢が手に、後ろ肢が足になっていた。

まるで彫刻のようにしなやかな四肢を持つ青年は、手近に落ちていた服を拾い上げた。

「凜……」

異常なできごとを前に、声を出せたことが奇蹟的《きせきてき》だ。

凜に「待ってろ」と言われたので、目のやり場がなくなった瑛人は慌てて回れ右をし、床に視線を落とす。

今のは、どういうことだろう。

凜が黒豹に変身して……いや、黒豹が凜に変身したのか。

「瑛人」

凜の言葉に、瑛人はおずおず振り向く。

そこに黒豹がいたらどうしようと不安だったが、裸足《はだし》の凜が腕組みをして立っていた。

よかったと安堵するまでもなく、怖い顔をした凜が物理的に詰め寄ってきた。

「どうして、逃げた」

凜の声は険しく、ひどく尖っている。

「逃げるに決まってるでしょう！」

一度は冷えたはずの気持ちが、再燃する。

「あんなことされて、普通……逃げます」

「すまなかった。でも、おまえが逃げたら謝るのだって無理だろ」

完全に居直った台詞に、瑛人はかちんとした。

「謝ってすむことだと思いますか？」

「——ああすれば、おまえが思い出すと思ったんだ」

想像以上に静かな声で、凜が告げた。

「…………」

「実際、思い出してただろ？　おまえの好きだったところを責めたら、感じてたし」

一瞬のうちに顔が熱くなり、さっきのことを思い出した。瑛人はぶるぶると全身を震わせる。

「な、何言ってるんですか…」

それきり、瑛人は絶句する。

「今だって、おかしいと思わないのか？」

「何がですか？」

「俺が豹になったのを見たら、普通もっと驚くだろ？」

「…………」

確かに、腑《ふ》に落ちない点がある。

凜が黒豹になったのを見ても、瑛人は驚いたけれども、異常なことだと追及する気にはならなかった。

それはいったい、どういう理由なのか。

考えようとしたが、疲れているせいか軽く頭痛がしてきた。

リビングに移動し、ソファに座り込む。こめかみを押さえた瑛人に、凜が心配そうに「どうした？」と聞いてくる。不機嫌になったり不安になったり、つくづく忙しい人だ。

「頭が痛いだけです」

「大丈夫か」

凜が真剣な顔で瑛人に詰め寄る。

反射的に瑛人がソファの上で後退ったことに気づいたのか、彼はばつが悪そうな表情になる。

「悪い」

「ちょっと疲れただけです」

「だったら、早く休んだほうがいい」

「嫌です」

瑛人はきっぱりと顔を上げた。

「……何で」

「僕はどうして自分がここにいるのか、まだ聞いていません。何もわからないのに曖昧にできない」

断言した瑛人を見つめ、凛は呆れたように頭を振る。彼は傍らの壁に寄りかかり、「何が聞きたい？」と問うた。

「何って……あなたの正体と、僕を誘拐した目的です」

瑛人の言葉に、凛は疲れた様子でため息をついた。同じやりとりを繰り返すのにうんざりしているという様子だった。

「俺の名前は、凛だ。それは知ってるだろう？」

「ええ」

凛は表情を軽く引き締める。

「誘拐したのは、おまえが好きだからだ」

「………」

端的な言葉が、鼓膜を甘く刺激する。

また「好き」と言われる。

それは脳髄《のうずい》を震わせそうなくらい、魅力的な言葉として響いた。

「おまえには、俺の記憶を取り戻してほしい。そうじゃなければ、俺は気持ちを押しつけるだけだ」

凛の中での結論は出ているらしく、彼の発言はひとつひとつに無駄がない。しかし、それでは瑛人には何もわからないままだ。

「そういう押しつけがましいのが嫌で、忘れたっていう可能性はないんですか？」

言ってしまってから、皮肉に聞こえただろうかと瑛人は不安になる。だが、想像に反して凛は乾いた声で「鋭いな」と笑った。

「忘れたなら、どうして何も教えてくれないんですか？」

「そういう約束なんだ。おまえが自力で記憶を取り戻せば、俺は自由になれる」

凛は静かに先を続けた。

「俺にとっておまえは唯一のつがいなんだ」

どこか悲しげに、凛は唇を綻《ほころ》ばせる。

「俺たちは……俺は、一生に一人の相手しか選ばない。相手を決めたら、その一人と最期まで添い遂げる」

「一人だけ？」

「そう決まってるんだ」

何でもないことのように、凛は言った。

「じゃあ、その相手が死んじゃったら？」

「一生、一人だよ。俺は瑛人を選んだ。おまえが死んだら、もう誰のことも好きにならない」

そこまで深く思われている事実は、ずしりと重い。

瑛人はその想いの大きさに戦《おのの》き、誤魔化すように話題を変えた。

「豹か……速く走れそうですね」

瑛人の呟きに耳を留めた凛が、小さく声を上げて笑った。

「そんなこと言ったの、おまえが初めてだ。桃缶といい、本当に可愛いよな」

屈託なく笑う凛の表情は、意外なほどに明るかった。

「豹だと走るのは速い。ヒトのかたちでいるとき面倒なのは、感覚が動物的になることだな」

「それが面倒なんですか？」

長所を活かせそうだと思う瑛人とは裏腹に、凛は首を横に振った。

「おまえがそばにいると、つらいんだ」

拒絶された気がして、ずきりと胸が痛む。

瑛人の表情が強張ったのを見咎《みとが》めたらしく、凛は「すまない」と口の中で言った。

「その、匂いが強すぎて苦しくなる」

凛が言葉を選んでいるのがわかり、瑛人は黙る。

「――つまり……それは、発情するってこと？」

「正解だ」

凛は頷き、瑛人から離れるためだろう、一歩退いた。

「……わかりました」

それきり、凛は何も言わなかった。これ以上は話す気がないのだろう。

納得したわけではなかったが、状況は理解できた。

これ以上聞けることは今はないし、凜にも忘れられた過去を話すつもりはないようだ。そうでなくとも、現状では与えられた情報を咀嚼《そしゃく》するだけで瑛人には精いっぱいだ。

「もう、寝ますね。疲れてるみたいで」

「――おやすみ」

瑛人はのろのろ立ち上がった。先ほどと同じで、凜はついてこない。彼は今夜、この固いソファで寝るつもりなのだろうか。

気の毒な気がしたけれども、あんな仕打ちをされたのだ。凜も懸命に耐えていると知ってしまったし、同じ部屋で寝ようとはさすがに言いだせない。

まだ、凜が怖い。

そして、それ以上に凜の話を信じ、彼の行為を許しかけている自分が怖かった。


カーテンの隙間から入ってくる陽射しで目を覚ました瑛人は、大きな欠伸《あくび》をする。外の陽は高く、もう正午近いのではないか。携帯電話で時間を確かめると、バッテリーを温存させるために電源を落とす。電波の状況が悪いせいか、充電の残量は心許なかった。

顔を洗うために階下へいくと、凜はソファで眠っている。

瑛人が身を翻《ひるがえ》してキッチンへ向かおうとしたとき、ばね仕掛けの人形のように、凜がいきなり跳ね起きた。

「瑛人！」

同時にぎゅっと右腕を摑まれ、瑛人は驚きに身を強張らせる。条件反射にしては、顕著な反応だった。

「な、何ですか？」

「どこに行く？」

手に込もる力も詰問する声も険しい顔も、全身で瑛人を咎めているかのようだ。

「お茶かコーヒーでも淹《い》れようと思って」

「俺が淹れるよ」

ぱっと手を離した凜は、キッチンで作業を始めた。欠伸をしているところを見ると、ソファではよく寝られなかったのかもしれないと考える。

瑛人はダイニングのテーブルに腰を下ろし、そこに突っ伏す。

まだ考えることはたくさんあった。

昨日は一日で、いろいろなことが起きた。

二十歳の記念イベントから始まり、誘拐、強姦、逃亡、そして凜の変身と。

一番意外なのは、瑛人自身が凜の変身にそう驚いていないという点だ。

もしや、この世の中に豹になる人間が存在することを、瑛人は頭の片隅で知っていたのだろうか。

……馬鹿馬鹿しい。

打ち消そうとしたが、完全に否定しきれない要因が瑛人の内側にある。

それに、強姦されたときの自分の反応もおかしかった。

「瑛人」

声をかけられてびくっとしたものの、ゆっくりと振り向く。

「ほら」

マグカップを渡されて瑛人は「ありがとう」と小声で礼を言った。

「砂糖、入れといた」

「…………」

「角砂糖二個だよな」

当たり前のように言われ、瑛人は口を噤《つぐ》む。

凜は確実に自分のことを知っている。

彼の無自覚な行動のひとつひとつが、そう物語っている。それが、底知れず恐ろしいのだ。

「腹減っただろ。何か作るよ」

キッチンに立つ凜がそう言ったので、瑛人は「材料があるんですか？」と問う。

「簡単なものは買ってきてある」

「それなのに昨日はレトルト？」

瑛人が首を傾《かし》げると、凜ははにかんだように答えた。

「……料理、できないんだ」

「野菜炒めレベルですか？」

「フライパンを使ったことがない」

そういえば凜は獣だから、火が怖いのだろうか？

「じゃ、目玉焼きもだめ？」

「レンジじゃ爆発する」

目玉焼きも厳しいとなると、相当スキルが低いようだ。

「それなら、おにぎりは？」

「おにぎり？」

「昨日見たけど、ご飯は炊けるみたいだったし」

「無理だな。三角形にするのはかなり技術がいる。それに、おにぎりって料理じゃないだろ」

「立派な料理ですよ。三角がだめならボール型にするのは？　丸だったら俵にするよりは簡単だし」

「それも上手くできなくて、よく笑われた。握ったそばからぼろぼろ崩れるんだ」


それを聞いて、凜を質問責めにしていた瑛人は噴きだした。

そんなできごとに、以前も笑った覚えがある気がしたからだ。

「食欲は？」

「……あまり」

よく眠れなかったせいか、胃が重い。

「だったらこれ、食べるか？」

凜が冷蔵庫を開けて、その中から何かを取り出して瑛人の前に置く。

「あ！」

嬉しげな声を上げてしまったのは、小さな薄茶色のパッケージのカスタードプリンに見覚えがあったためだ。瑛人の好物で、カスタードが少し焦《こ》げたところが美味しい。ただ、最近は見ない銘柄だったので、もう製造されていないとばかり思っていた。

「これは？」

「好きだろ？」

瑛人はプリンをしげしげと眺める。

「ヨーグルトプリンじゃないんだ…」

「なんだ、そっちのほうがよかったのか」

何げない呟きが届いたらしく、凜は少しがっかりした顔になった。

「ううん、こっちがいいんです！　いただきます」

そうではなくて、凜が自分の好物のヨーグルトプリンを買っていないのが、不思議だったのだ。それから、どうして自分は凜の好物を知っているのだろうと、今の和やかさが嘘のように落ち着かない気分になった。

嫌だ。なんだか気味が悪い。

胸騒ぎがして、頭が微かに痛い。

嫌な予感がする。

早く区切りをつけ、凜との関係を絶たなくては。

このまま一緒にいても、埒《らち》が明かない。

こんなふうに、自分を掻き乱されるのはもう嫌だ。

「今日は、帰ってもいいですか？」

唐突に切り出した瑛人に、凜がはっと顔を上げる。

「凜だって仕事があるでしょう」

「辞めたよ」

「でも僕は帰りたい。帰らせてください」

「――わかったよ」

とうとう、凜が折れた。

「だったら、最後に食事を作ってくれないか。食べたら帰ろう」

「本当、ですか？」

素直な態度が意外だった。

「ああ。おまえが本当に帰りたいなら」

どこか淋しげに凜が微笑んだので、瑛人の胸はちくりと針で刺されたように痛んだ。

「帰りたいです。――だから、食べたいものを教えてください」

「おまえの飯、旨《うま》いからな。何でも好きだよ。おにぎりもご馳走《ちそう》だ」

その言葉の意味を、瑛人は考えないようにした。

考えたところで、無理だ。

自分には何も思い出せない。

凛の期待するような答えは、瑛人の中から出てこないのだ。

冷蔵庫の中を覗いた瑛人は食材を確認したが、これだとサラダくらいしか作れない。

凛が買い出しに行くと言うので、メモを渡そうとしたが、一人でこの別荘に残るのも嫌だ。

「あの、一緒に行っちゃだめですか？　逃げたりしませんから」

「…………」

凛は眉を顰め、しばらく考え込む様子を見せた。

逃げると疑われているのだろうか。

「だめですか？」

もう一度尋ねると、凛は笑みを浮かべる。

「俺と一緒でいいなら」

瑛人がほっとしたのも束の間で、彼はすぐに厳しい顔つきに戻ってしまう。

「……でも、おまえを誰かに見られるのは嫌だな」

「どうして？」

「可愛いから」

そう言われた瞬間、頬がかっと熱くなった。

慌てて頬を押さえる瑛人の素振りは気づかぬようで、凛は懶《ものう》げにため息をついた。

「だ、だけど、凛に買ってきてもらうのは心配です」

「それもそうか」

頷いた凛は、「行こう」と瑛人に促した。

こういうときの切り替えは早そうだ。

すぐに凛が運転するＲＶに乗って、スーパーマーケットに向かう。飾り気のない車はレンタカーらしい。

「雪じゃなくてよかったよ」

「降るんですか？」

「明け方にちょっと降ったけど、もう融《と》けたよ。ほら」

指さされた方角を見ると、木の根もとにうっすら白いものが固まっていた。

目的地までは十五分ほどの道のりだった。

広々としたパーキングに駐車し、連れ立ってエントランスへ向かう。駐車場と店舗までは離れていたが、歩道でも気づくと凜はさりげなく車道側を歩いている。瑛人を守るような行動で、エスコートに慣れているに違いない。いかにも女性に好かれそうな凜にこうした態度を取られると、やけに面映《おもは》ゆい。

日曜日の昼間だからか客は多く、瑛人はいつになく視線を浴びているのがわかった。

皆は凜を見ているのだろう。

凜はサングラスをかけていたものの、そうすることでよけいに彼の存在感が強調され、お忍びで来ている芸能人か何かに見えるらしい。

スーパーに入るなり凜はさらに機嫌が悪くなり、突然瑛人の肩を摑んで自分に引き寄せた。

「うわっ!?」

バランスを崩した瑛人が後ろに倒れ、凜の体温が一気に近くなる。

「な、何ですか……?」

「みんながおまえのこと、見てる」

背中を抱かれて、瑛人は真っ赤になる。

これではまるで恋人同士だ。

「でも、これじゃ買い物できないですよ」

「そうだけど」

「だいたい……」

皆が見ているのは凜であって、瑛人じゃない。

当の本人にはそれがわからないのがおかしくて、何だか凜が可愛く思えた。

「とにかく、さっさと終わらせましょう」

「うん」

瑛人は店内をぐるりと見渡し、まずは調味料のコーナーへ向かった。メニューはサラダとビーフシチューのつもりだった。シチューなら材料が外箱に書いてあるし、少々肉や野菜の分量が変わっても味がおかしくならないだろう。

「何にするんだ?」

「ビーフシチューです」

「そうか」

少し嬉しげな凜は、売り物にはいっさい興味を示さず、子供みたいに瑛人の後ろをくっついて歩く。

野菜、肉、それから念のために乳製品の売り場に近づいた瑛人は、先ほどブランチ代わりに食べたプリンを思い出した。次にどこで見つけられるかわからない。せっかくなので、記念にもう一度食べておきたかった。

「あれ？」

売り場にあの懐かしいパッケージは見当たらないし、何かが売り切れたような隙間もなかった。

凜はどこかで、わざわざあのプリンを探してきてくれたのだろうか。

思いがけないことに、心臓が震える。

瑛人があのプリンを好きだったのは、小学生のときだ。

凜はその頃の瑛人を知っているのではないか。

つい振り返ると、サングラス越しに目が合ったと思《おぼ》しき凜がにこりと笑った。

わからない。

凜と自分は、どんな関係だったのだろう。

屈託なく笑う凜の笑顔に、瑛人は目を奪われた。

「旨い！」

市販のルーを使ったのに、そんなふうに手放しで褒められると照れくさくなる。

「ビーフシチュー好きなんですか？」

「もともとビーフシチューは好きだけど、おまえが作ったものだからよけいに旨いよ」

凜は美味しそうにビーフシチューを平らげ、お代わりをしたほどだ。

こんなに喜んでもらえるなら、ビーフシチューにしてよかった。

瑛人はクリームシチューが一番好きなのだが、なぜか今日はビーフシチューにしようと思ったのだ。

もっとも、凜は相当な猫舌らしくてビーフシチューをかなりしつこく冷ましていたのがもったいない。最初の晩にカレーをなかなか食べなかったのも、そういう事情が隠されていたようだ。

「座れよ」

食後に皿を洗った凜は、自分が腰かけているソファの隣を叩いた。

「え」

「安心しろ、何もしない。少し休んだら、ここを片づけて約束どおり家まで送る」

願ってもいない結論だった。

しかし、思い出してほしいとさんざん言われたが、結局、何も思い出せなかったのだ。

ここで凜と離れたら何もわからないままだ。

瑛人はその場に腰を下ろし、しばし黙考したのちに俯いた顔を上げる。

「いつまで、僕とここで暮らすつもりだったんですか？」

「おまえが、俺を欲しいと思ってくれるまで」

傍らに腰を下ろした凜の視線を感じるが、顔を上げられない。

「……それは無理です」

「そうみたいだな」

短く相槌《あいづち》を打つ凜がぎゅっと手を握り締めたのが、視界の端に映る。

爪が食い込みそうなほどに強い力を込めているのは、見ていればすぐにわかった。

苛立ちを心の中に燻《くすぶ》らせ、凜は懸命に耐えている。

それを瑛人にぶつけては、昨日と同じことになると耐えているに違いない。

「――どうして、ですか？　何で僕なんです？」

「おまえの猫に頼まれた」

「モモに？」

意表を突かれて瑛人はきょとんとする。

「もう、いないんだろ？　だいぶ弱ってたからな」

「本当なんですか？」

瑛人が厳しく問うと、覚悟を決めたように、凜が重い口を開いた。

「俺がこの世界でひとりぼっちだって教えたら、おまえは言ってくれたからだ。自分がいるって。この世界の終わりまで一緒にいると」

そんな記憶はどこにもない。

でも、本当にそうなのだろうか。

現に、今も瑛人の心臓が熱く震えて訴えている。

この言葉に応《こた》えたいと。

微かに頭部が痛み、瑛人は眉を顰めた。

——世界が終わっても、離れたくない。

瑛人はそういう相手がいいと、ずっと思ってきた。

「僕も、一人です。天涯孤独だし、そういう意味では同じですよ」

上手な慰めを思いつかずに言葉を切った瑛人に、凜は一呼吸置いてから尋ねた。

「——おまえ、本当に一人っ子なのか?」

「!」

どきりとした。

いつもだったら頷くだけで流せる質問だったのに、
唐突にあの作文を思い出したせいだ。

お兄ちゃん。

そう、自分には正体不明の兄がいたはずなのだ。

その事実を確認する前に誘拐されたので、何もわからないまま放置してしまっていた。

「どうして、それを? あの作文、見たんですか?」

畳みかけられた凜は意味がわからないと言いたげに、瑛人の顔をまじまじと凝視する。

「何だ、作文って」

「僕の鞄の中に入ってる、青いファイルです」

それに反応した凜は、視線を巡らせる。

「あれか?」

「そうです」

部屋の隅には、瑛人の鞄が置いてあった。

凜の手から鞄を受け取り、瑛人はその中からファイルを取り出す。角が折れてぼこぼこになったファイルはすっかり黄ばんでいる。

「懐かしいな、これ。おまえの字だ。こんな古いの、どうしたんだ？」

「小学校のタイムカプセルに入れてあったんです。ちょうど昨日掘り返したところで」

「なるほど。道理で、キリエにも消せなかったわけか……」

感慨深そうに凛は呟き、愛おしげな仕種でそのファイルを撫でる。そして、そこに書かれた「佐倉瑛人」という拙《つたな》い文字を優しく指で辿った。

「キリエ？」

「あとで説明する。どれを読めばいい？」

「最初のです」

立ったまま作文を読む凛の目つきは、真剣そのものだった。

まさか、文中の「お兄ちゃん」こそが凛なのだろうか。

二つの要素を結びつけて考えていなかったが、それならば少しは納得がいく。

瑛人が存在をいっさい忘れている兄と、思い出してほしいと懇願する凛と。

自分とは全然姿形が似ていないので、その可能性を最初からまったく考えていなかったが、それならば多少はしっくりくる。

「あなたは……僕のお兄さんなんですか？」

ややあって、彼は真顔で口を開く。

「思い出したわけじゃないんだろ？」

「違います。でも、さっきの質問の意味を考えるとそうとしか思えない」

自信が持てずに、声が不安定に揺らいだ。

「おまえには、俺のことを思い出してほしい。だから、俺からは言えない」

「でも、聞かれたことに答えるのはいいんじゃないですか？」

助け船というよりは、自分が続きを知りたい一心で瑛人は懸命に言葉を選んだ。

「それもそうか」

気を取り直したように、凛は一度咳払いをする。

「――俺たちは兄弟だ」

信じられなかった。

自分に兄がいたということも、その兄を忘れてしまっていたということも、そしてそれが凜だということも。

だとしたら、自分は……血の繋がった兄弟に、あんなことをされたのか。凜は、それがわかっていながら自分を強姦したのか。

禁忌を犯した恐怖から、躰が震えそうだった。

凜が、怖い。

「血は繋がってない。俺は、半分は日本人じゃないんだ」

瑛人が身構えたのに気づいたらしく、凜は慌てて訂正を入れた。

「嘘じゃないんですよね」

確かめるように、念を押す。

「嘘じゃないよ」

「血の繋がりはともかく、僕は兄がいるなんて聞いたことがない……」

激しい混乱に襲われ、我ながら情けなくなるほどに、声が震えている。

兄に関する記憶がいっさいないというのは、明らかに異常だ。手がかりがこの薄っぺらい作文集しかないのもおかしい。幼い頃のアルバムならば自宅にあるが、兄が写っていたものは一枚もない。帰宅して戸籍を調べれば、わかるのだろうか。

「俺の仲間は、自分たちを『血族』と呼んでいる」

いきなり話が違う方角に飛んだ。

「血族……？」

「獣になるところ、見ただろう？　ヒトに正体を知られないように、仲間だけで集団生活をしてるんだ」

「ええ」

普段なら荒唐無稽《こうとうむけい》だと一蹴《いっしゅう》するところだが、凜の変身を見た以上は、きっと真実も多少なりと含まれているに違いないと思い直す。

「だが、中には束縛を嫌がる者もいる。俺の両親は、窮屈《きゅうくつ》な場所じゃ暮らせないタイプだったらしい」

ひとつひとつの情報を漏らすまいと、瑛人は彼の声に神経を集中させた。

「でも、そんな自分勝手は許されない。正体をヒトに知られる危険があるし、金のために仲間の情報を売るかもしれない。だから、両親は血族に追われるようになった」

「凜も？」

瑛人の問いに、凜は軽く頷いた。

「俺はまだ赤ん坊だったけど、子供がいたら足手まといになる。逃げ切れないってわかったとき、おまえの両親に俺を託したんだ。俺を血族に戻せば、自由が奪われるからだろうな」

「…………」

「ちょうど佐倉の両親は、子供を亡くしたばかりだったから、俺を育てることに異論はなかったらしい」

映画のような筋立てで、すぐには信じられない。寛容で心優しい両親であれば、養子を引き受けてもおかしくはないが、彼らは凜が豹になれることを知っていたのだろうか。

「大事にしてもらったおかげで、俺は見てのとおりすくすく育った。おまえが生まれたときは、すごく嬉しかった。一生可愛がろうって思ったよ」

彼は身振りで、瑛人がだいぶ小さな赤ん坊だったことを説明する。真剣そのものだった凜の顔が、ふっとやわらかくなった。

「小学校は、母さんの勧める学校に通ってた。おまえは近所の公立だったよな」

「どうして、わざわざ分けたんですか？」

「同じ学校なら、母さんがある程度は俺を見ていられる。家でならともかく、学校でいきなり豹になったら、大騒ぎになるだろ？　実際、子供の頃は自分をコントロールするっていうのがよくわからなかったんだ」

瑛人の母はスクールカウンセラーだったから、凜の話はつじつまが合っている。

凜の唇から零れる『母さん』という単語が思いの外

穏やかな響きを帯びていることに、瑛人は戸惑いを覚えていた。

「でも、どうしてうちだったんですか？」

「おまえの父親は、もともとは血族の一人だった。クオーターなんだ」

「………」

ならば、瑛人は八分の一は凛と同じ一族の血を引いていることになる。

父の目は淡い茶色だった。陽射しが苦手でよくサングラスをかけていて、それが優しい風貌に似合わなくて母と「おかしい」と言って笑ったものだった。

「僕も変身するとか？」

「血が薄くなると、それに比例して能力もなくなる。八分の一だと難しいな」

残念なような、ほっとしたような、そんな複雑な気分で瑛人は胸を撫で下ろす。

「父は、その血族と離れて暮らしていたんですか？」

「変身できなくても俺たちの存在を知ってる、貴重な例外だ」

「凛がうちを出て仲間のところに戻った理由は？」

「戻ったわけじゃない。やつらに見つかって連れ戻されたんだ。一度見つかったら、どうあっても逃げ切れないのはわかってた。おまえの両親と話し合って、俺は血族のところへ行くことにした」

言葉を挟めない。

「おまえは泣いたよ、すごく。離れたくないって」

「だけど、おかしいです。そんな大事なことを、どうして僕は覚えてないんですか？」

「記憶を消したからだ」

記憶を、消す？

さらりと言われた言葉は、重大なものだった。

「どうやって？」

「消すというより、封印だな。そういう技術を持っているやつがいる」

「両親も？」

「いや、監視がつくのを条件に、両親はそのままだった。俺の実の親は、まだ逃げてる最中らしいから、手がかりが欲しかったんだろう。もっとも、おまえの両親が亡くなった今は、手がかりは消えたも同然だ」

しゃべり疲れたのか、凜は手近にあったペットボトルの水を一気に三分の一ほど飲んだ。

「同級生や先生の記憶は消す必要はないが、おまえは違う。おまえは俺が変身できるのを知っていたからな」

ショックだった。

自分は何も知らなかったのだ。

兄がいたことも、その記憶を消されたことも。

「父も、母も……それでいいって言ったんですか。僕の記憶を消してもいいって」

詰問する声が、震えた。

「そうだよ。血族に目をつけられたらどれだけ厄介か、二人は知ってて、いつも覚悟を決めてた。だから、おまえのために俺の存在を消すことにした。そのせいで、おまえの過去の記憶はかなりなくなってしまった。俺にまつわることは思い出せなくしたから……」

「もしかして、それが、僕が六年生のとき?」

「ああ。俺は高校生になってたよ」

ささやかな日常の記憶がほとんどない理由が、これではっきりした。おそらく、凜の記憶とともに、印象の薄かった学校生活についても封じられてしまったのだ。写真に留められているような行事の記憶しかないのも、何となくわかる。引っ越したのも、瑛人に凜の不在を気づかれぬよう環境を変えるため。

家庭の事情への固い口止めも、さまざまな事態への予防策に違いない。

人を殺したようなものだ――かつて、両親が言っていたのはこのことだったのだろうか。

「もう二度と会わないほうがいいって、頭ではわかってる。だけど、おまえは先に進めても、俺は立ち止まってるんだ。おまえの存在に囚われて、どこにも行けない。苦しくてたまらなくて……昨日も、それをおまえにぶつけた」

俯く凜のまなざしは、昏《くら》いものだった。

「俺には、おまえと過ごした十二年はかけがえのないものだ。あのときの記憶が俺の人生を支えてる。でも、おまえには俺と過ごした子供のときの記憶がない」

言葉が、出てこない。

肯定も否定もしようがなかった。

まだわからないことがあるのに、尋ねたくても与えられた直後の情報を処理しきれない。

「過去がないのは、おまえっていう人間をつくる土台がないってことだ。それを奪われたまま成長すれば、不安定な場所に積み上げてきたものが崩れて、いつかおまえの心が壊れるんじゃないかと思って、俺はそれが怖かった」

凜の声が、沈んでいく。

常に瑛人の中にある、たとえようのない喪失感。

あれが記憶が失われたことに起因するのなら、納得がいく。それを上手く説明できないと思えば、両親もそれを悟らせないように振る舞ったかもしれない。

「佐倉の両親が生きてるあいだは平気だろうと信じてた。大人になっておまえが気づいても、上手く誤魔化してくれるだろうって。けど、二人が亡くなったと聞いて不安になった。もう誰も、おまえのことを守れない。最初に近づいたのは、おまえが俺の存在を知っているかどうか確かめるためだ」

瑛人は無言でテーブルの上を見つめた。凜の真剣そのものの顔を見るのが怖かったのだ。

そんな瑛人の気持ちをわかっているのか、凜は優しい目を向ける。

「ま、でも、それは理由の一つでしかないんだ」

唐突に、凜の硬かった口調が緩む。

「一番の理由は、おまえと離れてるのがつらかったからだ。おまえと一緒にいられないせいで、気が狂いそうだった」

凜は瑛人に向けて手を伸ばしかけ、途中で止めた。

瑛人が嫌がると思ったのかもしれない。

「どうして、僕なんですか？」

それを聞いて、凜は冗談めかして言った。

「プロポーズしたのはおまえだろ。俺のお嫁さんになってあげるって」

「プロポーズ⁉」

いつ、そんなことを言ったのだろう。

当たり前だけど、全然覚えていない。

「馬鹿馬鹿しいよな。プロポーズしたことさえ、おまえは覚えていない。会うたびにおまえは、俺のことなんて知らないって言う。忘れられてるのはわかりきっているのに、俺はそのたびにおまえに恋をするんだ。どうしても、俺はおまえを忘れられない……」

あえて軽く言っているようだったが、凜の表情はどこか淋しげで、胸を締めつけられるようだった。

だめだ、またわからなくなってきた。

言っては悪いが、作り話と受け取られてもおかしくない内容だ。

豹に変身できる血族と、記憶の操作——今まで瑛人が暮らしていた常識とは、かけ離れている。

「じゃあ、僕はあなたに何度も会ってるってこと？」

会っているはずだ、という確信はあった。

「少なくとも、二回」

「二回も？」

「そうだ。最初のとき、俺はおまえに何もかも教えた」

「それで？」

「おまえは俺を、好きになってくれた。セックスもしたよ。でも……結果は今のおまえだ」

凜との記憶を失った、自分。

「あれでわかったんだ。正解を教えたって、意味はない。おまえは肝心のことを思い出せないし、キリエの手にかかれば、記憶なんてすぐに消されて、俺はまたおまえに忘れられる。おまえの気持ちがついてこない限り、教えたって意味がない」

どういうふうに無意味なのかまでは、わからない。

凜の声には後悔が滲んでいる。

瑛人の中には、誰も入れない領域がある。そこには凜がいるのだろうか。

混乱している。

だけど、思い出したかった。

凛を見ていると、胸が震える。苦しいときがある。

記憶に引きずられているだけかもしれないけれど、今の自分もまた、凛に対して何らかの感情を抱いている。

思い出したい。

少しでも、一つでもいいから。

凛のことを。

「ッ」

途端に、ずきんと頭が痛んだ。

甦るのは、赤。

一面の赤。

床に広がるそれは、血だ。

目の前が真っ赤になった気がした。

「赤い……」

瞬《まばた》きをした瑛人は、掠れ声で訴える。

目を開けても、視界が赤い気がした。

「え？」

「僕がいると、あなたを……」

自分のせいで凛を苦しめてしまう。だから、凛を好きになってはいけない。凛と心を通わせてはいけない。

凛を傷つける。

それは嫌だ。嫌なんだ。

次から次に、水泡のようにそんな言葉が深部から浮き上がってくる。

同時に痙攣《けいれん》のように、手と指が震え、瑛人は両手で顔を覆った。

目を閉じても、息を止めても、あの赤が消えない。

赤。

緋。

朱。

飛び散るのは、凛の血だ。

凛は死んでしまったのだ。

自分の目の前で。

だから、忘れなくてはいけなかった。

凛が死んだことを、瑛人は記憶から消さなくてはいけなかったのだ。

さまざまな言葉が頭の中を錯綜《さくそう》する。

瑛人は口許を押さえた。

「瑛人！」

凜が瑛人の腕を摑んで、口許を覆う手を取りのけた。

今度は遠慮をせずに、真っ向から瑛人を見つめる。

「あ、あなたから……血が……」

血が、たくさん出て。

死んでしまうと思ったのだ。

凜が死んでしまう、と。

「大丈夫だ。俺は死なない」

力強く言い聞かせる凜の金色の瞳が、まるで燃え上がるように煌《きら》めく。

「死なない……?」

どうして凜には、瑛人の恐れていることがわかるのか。

「そうだ。簡単に死なない体質なんだ。俺はおまえのものだから、おまえが望まない限り、おまえを残して死んだりしない」

信じたかった。信じたかったけれど。

瑛人は荒く呼吸を繰り返しながら、凜の胸に縋りついて目を閉じる。

声も出せなかった。

「………」

凜の鼓動が、間近で聞こえてくるようだ。

「ごめん、瑛人」

優しい声で、凜が耳許で告げる。

「俺はおまえを守るつもりだったけど、無理みたいだ」

「え……?」

「帰ろう。きっと、忘れたほうが……もう二度と会わないほうがいいんだ」

弾《はじ》かれたように顔を上げた瑛人は、凜を見つめる。

金色の目が、瑛人を射貫くように見つめていた。

真っ直ぐに、そのまなざしは光の矢のように瑛人の心に入り込む。

凜は、ずるい。

そんなふうに言われたら、そんな目をされたら、帰れるわけがない。

縋るようでいて、情熱を秘めた瞳で見つめられたら。

一度でも視界に捉《とら》えられたら、きっと逃げられない。

……だから。

「力を貸してください」

瑛人は勇気を振り絞って、そう口にした。

「力？」

「あなたが僕の、何なのかを知りたいんです」

声が震える。

馬鹿な提案をしている自覚は、あった。

だけど、このままではいられない。

「どうすればいいんだ？」

「――僕がなくしたものを、あなたが持っているかもしれない」

瑛人がなくしたものは過去の記憶かもしれない。熱情かもしれない。あるいは愛情かもしれない。

何を失ったかすら、今の瑛人にはわからないのだ。

けれども、たとえ記憶が封印されてしまっても、瑛人の中には凜をはっきり覚えている部分がある。

それは、この躰だ。

さっき逃げようとしたときの足の重さ、あれは離れ難いと心より躰が訴えていたのだとしたら。

「………」

緊張した顔つきで手を伸ばした瑛人が、凜の頬を両手で包み込む。唇を触れさせようとして躊躇い、迷っているあいだに凜からキスをされるのではないかと思ったが、彼はじっと我慢していた。

思い切って、自分から唇をぶつけてみる。意外とやわらかいと感じつつ、すぐに離れた。

ゆっくりと目を開けた凜が、ごく間近で微笑む。

艶《つや》やかな笑みに、胸が騒ぐ。

やっぱり、嫌じゃない。

「夢みたいだ」

彼の声も、少しだけ緊張に掠れている。

「何が？」

「おまえから俺にキスをしてくれた」

うっとりと夢を見るような凛の声が、甘く耳許で響く。指が痺れるほどに熱くなっていたけれど、でも、それでは昂奮していることしか自覚できなかった。

「キスだけじゃ……わからないみたいです」

心臓はどきどきして今にも壊れそうなほどだが、これではまだ何もわからない。

「じゃあ、俺と寝るか？」

今度は、瑛人自身が選ぶことができる。

躰の奥底に睡《ねむ》る、自分の過去。

それを呼び戻したとき、何かが変わるのかもしれない。

「――そうしてください」

もう、あとには退けない。

「ううん、そうしたいんです」

これは、間違いなく自分の意思だ。

流されているわけでも、ただ同情しているわけでもない。

二階の寝室に向かうあいだ、耳鳴りがしそうなほどに心臓が激しく脈打っていた。足がふらつき、まるで自分のものではないかのようだ。

ベッドサイドに立って服を脱ごうとすると、凛にそれを押し留められた。

「俺にさせろよ」

「……うん」

あまり受け身なのも、女性扱いされているみたいで嬉しくはなかったが、何もかも凛に任せることにした。

「綺麗だ」

瑛人の膚が見えてくると、凛は陶然と呟く。

褒められるとばつが悪いし、見られているのを意識してとても恥ずかしい。

さすがにボトムに手をかけられたときは気後《きおく》れしたが、仕方ないのだと自分に言い聞かせる。

「優しくするから、怖がるなよ」

「……はい」

自分のセーターを脱いで床に放り投げた凛が、身を

屈めて瑛人の鎖骨のくぼみにくちづけた。

「ン…っ」

鎖骨の下の肉が薄い部分に軽く歯を立てられ、瑛人は声を上擦らせる。

「痛かったか?」

いったん身を起こし、凜は謝罪を口にした。

「おまえの首、旨そうで」

「食べるんですか?」

ぎょっとした瑛人の顔が強張ったのがわかったらしく、彼は手を伸ばして瑛人の頬を撫でてくれた。

「安心しろ、ヒトは食べない」

くすりと凜は笑い、瑛人の鎖骨を今度は優しく嚙んだ。最初は怖かったが、少しずつ刺激を与えられるのに慣れてくる。

「俺も脱いだほうがいいか?」

「あ、ううん……まだ、そのままで」

「わかった」

いきなり彼に全裸になられても目のやり場に困りそうで、上半身を脱いだだけにしてもらった。

凜の薄い唇が瑛人の膚に触れ、音を立てて吸っていく。

「あ……」

首に近い部分は見えなかったが、気を取り直して腕を見ると、ひとつひとつの痕は桜色だった。

「綺麗だ、瑛人」

「んん、っ」

本当に綺麗なのは凜のほうだと言い返すよりも先に躰をひっくり返されて、背骨をぺろりと舐められた。

凜は瑛人の匂いを嗅ぎ、肩胛骨《けんこうこつ》に歯を立ててくる。

「あ! 痛…っ」

「悪い。つい……ここ、食べてみたくなった」

ぬめった舌は膚を辿るうちに水分がなくなっていく。彼が唾液を足すたびに、舐め溶かされているという意識が強くなっていく。

でも、怖くない。

「ふ…っ…」

それどころか、凜に触れられていると思うと、ふわふわと躰が浮き上がるようだ。

触れ合った膚が、唇が、吐息が、全部が気持ちいい。

どんどん感覚が鋭敏になり、凜の動きに応じて声が溢れ出した。

「う……ぅん……ッ……」

「可愛い」

瑛人の躰を再び裏返すと、凜が足許にうずくまった。そして、瑛人の性器に唇を寄せる。

「やだっ」

いくら何でも、そんな行為には抵抗があった。

けれども、凜は躊躇せずに続行する。

「アッ」

あまり反応しないよう我慢したつもりだったのに、ねろりと舐められたせいで高い声が漏れてしまう。

「じっとしてろ」

低い声で凜は言い、瑛人のそれを長い舌先でことさら味わうように舐める。

息と同じくらいに、熱い舌だった。

「やだ……やだよ、凜……」

こんなの恥ずかしい。

「やじゃないだろ」

「やだよ……」

涙で潤んだ目で凜を睨もうとしたが、今度は掌に包まれ、瑛人は息を呑んだ。

「おまえも感じてきてる」

違うと反論するより先に、また舌を這わされる。

「あ！」

自分の躰の中で一番脆《もろ》い部分を、熱い口腔に含まれる。翻弄されて変な声が出てしまいそうで、瑛人は自分の口を両手で塞いだ。

「…ふ…っ…」

それでも高い声が出そうになり、弾みで舐めた手は塩辛《しおから》い汗の味がした。

「声、出していいのに」

「嫌…っ…」

昨日よりはずっと優しいけれど、凜がすっかり飢えているのがわかる。

獣のように、瑛人を食べたがっている。

「ん、ふ…」

熱い口腔に包み込まれて、どっと汗が滲んだ。

気持ちいい。

どうしよう。

唇が震えて、上手く声が出ない。

嫌だと思っていたのに、少しずつ気持ちよくなってきて、弄《いじ》られている部分に熱が集中しているのがわかった。

ふわふわした感覚に押し流されそうで、瑛人は口許から手を離してシーツを摑んだ。

握り込んだシーツが、掌の中でくしゃくしゃになる。

「ま、まって」

何を待ってほしいのか、自分でもわからない。

出したい。

強烈な欲求が躰の奥から迫り上がり、そのことに瑛人は狼狽《うろた》えた。

「だめだ」

吐息混じりに囁く凜の声は熱く掠れ、瑛人は喉の奥で呻く。

「凜……やだ……」

こんな風に熱を込めて凜に愛撫《あいぶ》されたら、保《も》たない。

このあとどうなるかくらい、瑛人にもわかっている。

「おまえを味わいたい」

凜の息が、今度は耳たぶにあたった。

告げられた言葉はひどく熱く、瑛人の神経を痺れさせる。

だめだ、もう。

このまま啜《すす》られ続けたら、溶《と》けてしまう。

「瑛人」

呟いた凜にまた呑み込まれ、きつく吸われた。

「あ、あっ…だめ…、………ーッ！」

あとは、声にならない。

全身がびくびくと短く震え、一瞬、躰が浮き上がったような気がした。

「あ……」

放出の余韻に、躰に力が入らない。

今、自分は凜の口中に欲望を吐き出してしまったのだ。

瑛人は肩で息をしながら、ベッドに身を投げ出した。

「の……呑んだの……？」

口許を拭った凜が顔を上げて、真っ直ぐに瑛人を見やる。

「ああ」

どこか満足げな表情の凜は、額に汗を浮かべている。

「何で」

「味わいたいって言っただろ。おまえのものなら、一滴残らず」

心臓が震える。それどころか、もう怖くはなかった。愛しくてたまらない。

「もっと……してもいいか？」

「嫌だって言ったら、やめますか？」

「それがおまえの望みなら」

囁いた凜が瑛人を見下ろしてきた。

欲望にますます輝きを増した金の目。

彼の記憶は、瑛人の中にはまだ見つからない。

だから、その先を望むほかない。

「――して、ほしいです」

掠れた声で瑛人が答えると、凜が無言で頷いた。

昨夜は強引に引き裂かれた部分に、そっと指が差し入れられる。

「んんっ……」

唇から溢れたのは、声というよりも、吐息に音が混じるようなものだった。

「…ん…ふ……」

普段誰にも触れられない秘められた部分を弄《まさぐ》られ、いけないことをしているのだという背徳感が強まる。

凜の言い分を信じるのであれば、自分たちは義理でも兄弟なのだ。これは禁じられた行為だった。

なのに、そんな相手に抱かれようとしている。瑛人も、抱かれたいと望んでいるのだ。

　与えられる刺激に突き動かされるのか、愛しさの記憶のせいなのか、否応なしに全身が昂っていく。

「瑛人…」

　凛が、感極まったように瑛人の腿に歯を立てた。

「あ！」

　何度目かの鋭い痛みに、涙が滲んで視界がぼやける。

「これ以上、我慢、できない」

「ん」

　昨夜のように躰を繋げていいかという意味だとわかったけれど、自分から求めたくせに、いざとなると怖い。

　瑛人が何とか首を縦に振ると、凛が「後ろ向いて」と促した。

　躰から芯がなくなったみたいに、ぐにゃぐにゃになっている。

　それでも何とか瑛人が彼の言葉に従うと、背後で膝立ちになった凛が腰を両手で摑む。

　これから彼に挿《い》れられるのだと思っても、昨日のような恐怖はなかった。

　むしろ、凛と一つになるのだという事実に、躰が熱くなる。

　そこに凛を押しつけられると、自然と躰の力が抜けた。

「ん、うく……っ」

　痛い。

　中に、入ってくる。

「瑛人……」

　自分の名前を呼ぶ凛の声に、胸が震える。

　膚と膚が触れた部分、密着したところから、凛が心ごと入り込んでくるようだった。

　なんて、熱い。

「うう…ッ…」

　縋るところを求めても何も見つからないもどかしさにもがく。虚しく空を切った指はシーツを摑み、凛を打ち込まれることに耐える。

凛が、熱い。

他人の体温って、こんなに熱かったのか……。

「ん、んー……」

躰の奥深くを凛によって征圧される。

怖いけど、それだけではない。

まるで小さな泡のように、甘い感覚が次々に水底から湧き上がってくる。

覚えている。この感覚を。

前にも何度となく味わった。

弾けそうに膨れ上がる――快感。

「凛…」

気持ちがいい。

凛に触れて。凛に触れられて。

「……凛、…凛……っ」

無意識に凛の名前を呼ぶと、わけもなく涙が溢れてきた。

枕に顔を埋《うず》めて泣く瑛人の後ろで動きを止め、凛が背中に覆い被さってきた。

「泣くな」

優しい声だった。快楽よりも瑛人を案じる声に、瑛人は確かな愛情を感じた。

「あ……」

込み上げてくる。

躰の奥底から次々に生まれる熱い思いに、覚えがあった。

もう、止まらない。

「平気か？」

「いいから、続けて……」

瑛人がねだると、凛が「ああ」と掠れた声で告げる。

「凛……！」

ぐっと突き上げるように、凛が動く。

もっと。もっとしていい。

溢れ出すのは、懐かしさと、そしてたとえようもない愛しさだった。

「瑛人…瑛人……」

凛の声も快楽に揺らいでいる。

愛しい。

凛と抱き合うことで感じる、この悦《よろこ》び。それは即物的な快感とはまた違う、別の種類の昂奮だった。

自分は凛を覚えていないはずだ。だけど、肉体の奥深い部分で凛を覚えている。

表層には何もなくても、躰のどこかに積み重ねてきた凛との記憶が、快楽を生じさせる。

「あっ、あ…っ、凛……」

好きだ。好き、好きでたまらない。全身がそう訴えている。

気持ちがいい。

触れられているところ、全部が。何もかもが。

このまま交わっていれば、いつか自分も獣になるのではないだろうか。そんな気持ちになってくる。

なってもいいのかもしれない。

獣になることで凛を忘れずにすむのであれば、それ以上の幸福はないのかもしれない。

凛が激しく腰を打ちつけてくる。

「あう…ッ」

もう言葉にならないまま、存分に凛に揺さぶられる。

知っている。

このあと躰を満たす熱い悦楽があることを。

恐怖ではなく、快感に満たされる瞬間があることを。

やがて凛が瑛人の腰を摑む両手に力を込め、熱いものを解き放った。

大きく息を吐いた凛は瑛人に覆い被さり、うなじにキスをしてくる。

熱く濡れた凛の唇が、膚に直に触れた。

くすぐったさともどかしさに、胸がぎゅうっと痛くなった。

どうして自分は、凛のことを思い出せないのだろう。

躰はきちんと覚えているのに、なぜ。

本当に、自分たちは——

「怖かったか?」

探るように、不安を交えて凛が尋ねてくる。

「ううん。大丈夫です」

「よかった」

凛がほっとした口調で言い、瑛人を力いっぱい抱き締めてくる。

心地よい疲労が全身を満たしている。

凛と一緒にいて、こんなに幸せで優しい気分になるのは、初めてだった。

「もう一度、いいか?」

「……うん」

膚と膚が擦れ合って溶《と》け合《あ》うほどに抱き合えば、そのときこそ、彼を思い出せるような気がした。


夜と朝の境界は不透明で、日付の概念は失われていく。冷蔵庫に入れられていた食料は残り少なくなり、瑛人は献立に苦労していた。

風呂上がりの瑛人は、自分の髪に纏《まと》わりつく水滴をタオルで拭き取る。

「…………」

気を抜くとぼんやりしてしまうのは、疲労のせいだけではない。

上手く表現できないが、落ち込んでいた。

まだ、何も思い出せないせいだ。

躰の奥底に凛の記憶はある。確かにそう思えた。凛のことを好きだと思うし、愛しさは増してゆく。

なのに、肝心の凛との記憶は一つも甦らないのだ。

衝《つ》き動《うご》かされるように抱き合うのも、記憶を取り戻すためなのか。それとも、愛しさのせいなのか、わからない。

それに凛が苛立ち、もどかしさを覚えているのは気配でわかっていた。

「凛、お風呂入りませんか?」

風呂上がりゆえにまだ膚がどこか湿り気を帯びている瑛人を見やり、ベッドに寝転んでいた凛は欠伸をしながら「いい」と答えた。

「いいって?」

「あとで入る」

そっぽを向いた凜の肩に、瑛人は「でも」と言ってそっと触れる。さんざん汗を掻いて、気持ちが悪くないのだろうか。

「だったら、あの……そろそろ食材が……」

「――あとで買いに行く」

凜はそう言うと、ぱっと顔を上げる。

「それより、ここに座れよ」

強引な言葉とともに腕を摑まれているだけで躰が熱くなるのは、先ほどまでの行為の余韻なのかもしれない。

「……………」

腕を摑まれたまま黙り込んでしまった瑛人を見つめ、凜が眉根を寄せる。

「おい、瑛人？」

「あ」

名前を呼ばれて、瑛人は我に返った。

「顔、真っ赤だ。どうしたのか？」

「何でも……」

ないと言い切れずに言葉を濁すと、凜が喉の奥で笑った。

「もしかして、俺を欲しがってる？」

「……たぶん」

躊躇いがちに返した言葉を、凜は鸚鵡《おうむ》のように繰り返した。

「たぶん、か」

口許に笑みは浮かべていたものの、凜はどこか淋しげな調子で呟く。

「俺はおまえが欲しい」

真顔になった凜のその目に、射竦められる。

「！」

唐突にぐっと腕を引かれた瑛人は、そのまま抵抗もせずに凜の胸に落ちた。

「凜…」

振り払おうと思えばそうできたのに、できないのは瑛人自身だ。

「欲しいんだ」

耳のつけ根から首のあたりまで舐められ、ぞくりと躰が震える。ひっきりなしに抱かれて疲労していても、飢えを満たすように求めてくる凜を拒みきれない。

「瑛人」

好きだ、と耳許で彼が囁く。

「ずるい、それ…」

好きと繰り返されると、躰の芯を抜き取られたように強張りが解け、抵抗ができなくなる。

「んん…」

唇を重ねられ、肉厚な凜の舌が口内に潜り込む。舌を伸ばしてぎこちなく彼のそれに触れた途端、押し合うようにしてそれが絡んできた。

「ふ…ぅ……」

上手く呼吸ができない。溢れ出した唾液を拭いたいのに、指に力が入らない。少しでも躰を動かしたら、凜がキスをやめてしまいそうで怖い。今は、やめてほしくなかった。

けれども、最後には酸素が足りずに彼からそっと顔を離すと、凜がくすりと笑った。

「苦しい？」

「少し」

深い呼吸を繰り返していると、凜が耳打ちする。

「その苦しさごと、全部覚えておけよ。おまえが俺をどう思ってるか」

また忘れてしまうのだろうか。こんなふうに何度もキスして、抱き合ったのに、それでも忘れてしまえるのだろうか。

「やだよ、凜……」

そんなことを言わないでほしい。

瑛人のたかだか二十年の人生で、これほど激しく誰かを求めるのは初めてなのに、この気持ちを忘れてしまえるわけがない。

大学のことも、こうして二人でいるとどうでもよくなった。

凜の名前を、心を、かたちを、思いを、魂にまで刻みたい。

そうすれば、何かあっても絶対に忘れない。そう思う。

でも、凜は瑛人を信じようとしない。

瑛人が何も思い出さないから、疑い、そして恐れているのだ。

このまま何も思い出せないのではないか、と。

瑛人も同じだった。

自分が何も思い出せないことが、恐ろしかった。

「…あっ…」

ベッドに引きずり込まれて、瑛人は微かに身を捩《よじ》る。

それが彼を誘うためなのか、それとも拒むためなのか、自分自身でさえ判別がつかない。

「凜」

「好きだ」

唇を押し当ててきた凜に、セーターをぐっとたくし上げられる。肌寒さを感じたものの、それはすぐに気にならなくなると知っていた。互いの膚と膚を重ね合わせれば、熱気以外のものは躰に届かなくなる。

「ん…ッ……」

セーターを床に落とした凜は、震えながら躰を捻った瑛人の肩に軽く嚙みついた。瑛人が凜の膚に触れると、彼はくすぐったそうに笑った。

「何だ?」

「だめ?」

「いや」

触ってはいけないのかという意味を込めて問うと、凜は笑って首を振った。

凜のことが、好きだ。

好きだけど、怖い。

漂流するかのように、二人でどこかへ流されていく。その行き先がわからない。凜は瑛人がいずれすべてを忘れることを前提として今という甘い果実を貪り、瑛人は失ったものを探して凜に抱かれ続ける。

何が欲しいのかさえわからなくて、自分の中に生じた思いを口にできない。

好きだと言えない。

その言葉を伝えたら、自分が変わってしまう。何かが変化し、完全に後戻りできなくなるのが怖かった。

「ン」

瑛人が目を覚ますと、凛の姿はなかった。寝る前に食料品の買い出しの話をしたので、出かけたのかもしれない。

階下からは物音一つしなかった。

もう一度洋服を着込み、瑛人は欠伸混じりに一階へ下りていく。

誰かがいた。

「凛？」

ソファに腰を下ろしている人物が凛ではないのは、すぐにわかった。

背格好が違うし、何よりもその髪は鮮やかで明るい金色だ。

「誰、ですか」

掠れた声で呼びかけると、振り向いた青年は小さくため息をつく。

白い手袋。真っ白なコートには銀狐をあしらい、その優雅な身のこなしにぴったりだ。

「また、そこからですか？」

うんざりしてはいるものの、それでいてどこか楽しげな声だった。

そこからとは、どういう意味だろう？

目を瞠るほどの、眩《まばゆ》いばかりの美しさ。

彫刻のように彫りの深い顔立ちと、白い膚だった。

美形というくくりは凛と同じだが、それでいて、凛のように血の通った印象が皆無だった。

「久しぶりです」

「……………」

久しぶりと言われても、相手が誰なのかまるでわからない。

この家の持ち主だろうか。

それとも、瑛人の消えた記憶と関わりのある相手なのか。

「失礼。はじめまして、と言うべきですか」

男の目が微かに和む。

「あなたは？」

「このやりとりにデジャヴもありませんか？」

逆に問い返されて、瑛人は首を振った。

「私の名はキリエと申します」

薄く笑みを浮かべたキリエの表情は、ひどく冷ややかだった。

キリエという名については、聞き覚えがある。

不法侵入を咎めようとしたが、瑛人たちもここには勝手に入り込んだ身の上だと思い直す。

「私は凛の主治医です」

「凛の？」

凛を知るものが現れたことにどういう反応を示せばいいのか、瑛人は戸惑った。

「はい。彼がどう説明したかは知りませんが」

キリエの美しい日本語には乱れがない。


口許に冷然とした笑みを湛えたまま、美しい青年は続けた。

「凛が姿を消したので、探していました。あなたにも多大な迷惑をかけたようで、申し訳ありません」

凛と同じように、まったく悪いと思っていない口調に神経を逆撫でされる。

「迷惑なんてかけられてません」

すぐさま反論が口を衝く。

「あなたが凛に発信器をつけたんですか？」

「おや」

キリエは眉根を寄せ、それから一転して微笑した。

「そのとおりです。——今回は反応が違っていますが……記憶はなくとも、情が湧いたというところですか」

「今回は？」

その口ぶりは、このやりとりが初めてではないと示しているようだった。

ますます緊張が高まり、瑛人は唇をきつく結ぶ。

凛の不在が、たまらなく不安だった。

「ええ。今回は、です。失礼、私の日本語はおかしいでしょうか」

嫌みな男だ。

発音から言葉遣いまで、この男の日本語は完璧だ。

「いえ、理解できています」

「安心しました」

にこやかに首を縦に振ってから、キリエは続ける。

「どうせ忘れてしまうのに、凛に情など抱いても無駄ですよ」

彼の言葉の選び方はひとつひとつが神経に障《さわ》るもので、瑛人は怒らないようにと己の感情を抑えることに努めた。初対面の他人に対してこんな嫌悪感を覚えるのは、初めての経験だった。

「凛が留守なのは、ちょうどよかった。あなたと話をしたかったのです」

「どんな?」

積極的に聞きたい話ではなさそうで、瑛人は厳しい口調で問う。

「彼のくだらない妄想に、あなたがつきあう必要はありません」

キリエは硬い声で断じた。

「妄想?」

妄想という言葉に、瑛人の胸は騒ぐ。

このあいだからしきりに感じている不安の正体を、他者に言い当てられた気がしたからだ。

「彼はあなたを幼い頃から知っていると言ったのでしょう?」

「…………」

なぜこの男がそれを把握しているのだろう。

しかも、持って回った表現が不愉快だった。

「いわば狂人の戯《ざ》れ言《ごと》です。彼は正常ではないんです」

凍《い》てついた言葉の連なりが瑛人の耳に届き、理解できるまで、わずかな時間を要した。

「異常者の言うことを、真に受けなくていいという意味です」

「異常者って……」

あからさまに凛の言葉を妄言だと決めつけるキリエに反発を覚え、瑛人は怒りをもって相手を見た。

「彼はとても頭がよく狡猾です。あなたを欺くためにはどんな嘘でもつく。多少のことなら辻褄《つじつま》を合わせ、あなたに信じ込ませることも可能です」

「凛はそういうことはしません」

わけのわからない不安と恐怖に、胸が苦しくなる。

凛の言うことをすべて信じていた。信じ始めていた。

それが、いきなりキリエという存在に揺さぶりをかけられたのだ。動揺するのも当然だった。

「何も覚えていないのに、彼を信じたのですか?」

「僕の記憶の一部が欠落しているのは、事実です。だけど、凛は僕に嘘をつきません。それだけはわかってます」

「本当にそうでしょうか?」

キリエは瑛人の言葉を鼻先で笑った。

「あなたの言うことが本当だっていう、証拠もないでしょう」

「確かに」

キリエは肩を竦めた。

「ですが、凛が事実を話している証拠もないでしょう。彼は不幸な事情から孤独な生活を強いられてきたため、精神的に参っているのです。そんな彼が、幸福な少年時代の幻想を創り上げたとしても、不思議はない」

聴覚を刺激するキリエの声は不愉快だが、妙に説得力がある。

「だったら、その相手がどうして僕なんですか?」

「それは凛に聞かなくてはわかりません。狂っている凛が、何を考えているかは私にもわかりかねますが」

凛とキリエ、どちらの言い分が正しいのか、瑛人には判断できなかった。でも、瑛人の心は凛を信じたがっている。

「いずれにせよ、凛のことなど、あなたにはどうでもいいことのはずです」

くすりと笑ったキリエは立ち上がった。

「どうせあなたは、何もかも忘れてしまう。このやりとり一つをとっても、意味がない」

「僕は凜を、忘れたりしません」

記憶の海に沈んだものは、それきり消え失せてしまうわけではない。変わらずに存在していても、暗がりで見えなくなっているだけだ。

何より、凜は瑛人の魂にしるしをつけた。

「忘却という能力は、神の与えし恩寵《おんちょう》です。忘却できるからこそ、人は生きていける。たとえば悲しみも怒りも羞《は》じらいも、何もかもが一片たりとも色褪せることなく永遠に生き続けるとしたら、その現実にあなたは耐えられますか？」

どれほど強い感情であっても時が経てば必ず薄らぐのは、忘却という能力があるがゆえなのだと、キリエは静かな声で物語る。

ヒトの心は、機械とは違う。

そう語ったのは、誰だったろう？

「あなたも、こんな異常な体験は忘れてしまったほうがいい」

キリエの台詞には、目に見えない毒が含まれている。

「忘れたりしない！」

それを掻き消すために握り拳を作り、瑛人はキリエに怒鳴りつけていた。

部屋の空気が動き、冷たいものが首筋を撫でる。

「僕は凜を信じてます」

想像以上に強い言葉が飛び出し、瑛人は己の感情の変化に驚かざるを得なかった。

「では、凜の言い分をいったいどうやって証明するのですか？　彼がそう主張しているからとでも？　それだけで信用してしまうのですか？」

キリエはここぞとばかりに畳みかけてくるが、急いたところはまったくない。

だからこそ、その言葉はよけいに瑛人の心にすんなりと入り込み、疑惑の種を蒔《ま》く。

キリエの余裕に満ちた態度は、自分の言説に対する確信があるからではないだろうか。

瑛人の知らない凜を知っているからではないか。

そう思うと、瑛人にも迷いが生じた。

凛の言うことを信じたいけれども、確信が持てなくなってしまう。

「男同士なのに、彼と寝たんでしょう?」

「!」

なぜそこまで知っているのかと、瑛人は憤《いきどお》りから言葉を失った。

「そのうえ凛が主張するように、あなた方が兄弟だとすれば、兄弟だと知りつつ抱き合ったんですね? おぞましいことだ」

血が繋がっていない、義理の兄弟。凛はそう言ったけれど、兄であることには変わりがないだろう。

自分は、なんて恐ろしい真似をしてしまったのか。

「彼は愛する人が苦しむと知りながら、タブーを冒すようあなたを誘ったんです。あなたはそれでも凛の手を取れますか?」

「…………」

「いっそ兄なんて、いないほうがいいでしょう?」

意地悪く重ねるキリエに対し、瑛人は無言になる。

混乱し、何を言えばいいのかわからなかった。

足許がぐらぐら揺れているような錯覚に、瑛人はぎゅっと自分の躰を両手で抱き締める。

「——所詮、あなたの思いなどその程度のものです。それでは誰も救われはしない」

言葉に詰まった瑛人の背後で、かたりと物音がした。

振り返ると、そこには険しい顔つきの凛が立っていた。買い物から帰ってきたところらしく、手にはスーパーマーケットのビニール袋が握られていた。おそらく、瑛人が頼んだ食材が詰め込まれているはずだ。

「久しぶりですね、凛」

キリエの声が弾み、その表情が華やぐ。

「さあ、幕引きです。私たちは退場しなくては」

「帰れよ」

乱暴に命じた凛は苛立った様子で、さも嬉しそうなキリエを睨みつけた。しかし、キリエはまったく動じずに、瑛人を素通りして凛に近づく。瑛人は影であるかのように無視される。

「俺は、ここに残る」

「あなたを信じてもいない彼のために？」

キリエが軽い調子で凛を揶揄《やゆ》した。

「俺は、瑛人を信じている」

凛は強い声で、己に言い聞かせるように断じた。

「瑛人があなたを信じていないのは、今、聞いていたでしょう」

「そんなことはどうでもいい！」

キリエの台詞を吹き飛ばそうとしているのか、凛が声を荒らげる。

「どうでもいい？」

理解できないことを聞いたという様子で、キリエがかたちのよい眉を顰めた。

「兄弟とか男同士とか、そんなのはどうでもいい。俺は瑛人が瑛人だから好きなんだ」

「ずいぶん、熱烈ですね」

小馬鹿にする口調で言ってのけたキリエは、口許に笑みを浮かべる。

「俺のつがいは瑛人だ！」

「それもあなたの一方通行でしょう？　あなたの思いの重みと比べれば、アキトの思いはささやかなものだ」

「俺は瑛人と一緒にいたい」

重ねて主張する凛の語勢は、先ほどよりも弱かった。

そのことを感じ取ったらしく、キリエは意地悪く言葉を重ねた。

「あなたは賭に負けたんです」

賭という言葉に、凛の肩がぴくりと動いた。

「どれほど頑張ったとしても、アキトは思い出さない。私が与えたキーワードどころか、私の存在すら思い出していません」

「…………」

凛は悔しげに唇を噛み締め、無言で瑛人を見つめる。

その視線が痛いほどに心に突き刺さるようだ。

でも、彼の気持ちを受け止める資格が瑛人にはない。

……あるはずが、ない。

凜を好きだから、ほかは何も関係ないと言うべきだった。

だけど、瑛人の思いは凜には敵わなかった。

結局、自分の思いが本当の愛しさなのか、あるいはほかのものなのか、瑛人は最後の最後で迷ってしまった。そのうえ、タブーを乗り越えるほどの覚悟も示せなかったのだ。

「たかだかヒト同士の決まり事を越えられないものに、種族の壁を越えられるわけがない。諦めたほうがいいのですよ、凜」

「――そうかもな」

どうして……どうして諦めるのだろう。

惑わされた瑛人がいけないのか。

瑛人だって、迷いながらも精いっぱい凜を受け容れたつもりだった。

なのに……！

叫びたいのに、声も出ない。

「結構です。理解してくれて助かりました。できれば今回は、穏便にすませたいですからね」

キリエの不可解な言葉の意味を解しているらしく、凜は押し黙る。

「待って」

一歩踏み出し、凜は瑛人の腕を摑もうとする。しかし、凜を抱き寄せたキリエがそれを阻んだ。

「いいえ、待ちません。すべては終わりました」

何が終わったのか、瑛人にはわからなかった。

だが、終わらせたのは自分の態度が原因なのだ。それだけは理解できている。

「心配するな。嫌なことは全部忘れられる。おまえは、この男に俺と過ごしたあいだの記憶を抜き取られるんだ」

「そんなの……」

ちっとも安心できない。嬉しくなんてなかった。

まだ一度も口にしていないけれど、凜が好きだ。好きになり始めていた。

堰《せき》を切るように、今にも思いが溢れ出しそうなのに、こんなところで離れるなんて嫌だ。

「悪かったな、瑛人。おまえにはもう会わない」

「最後にしないでください！」

心を引き裂かれるようにして離れればなれになるのは、嫌だ。耐えられそうにない。

「……もう二度と会わない」

目を伏せた凛は、はっきりとそう言った。

「嫌です。次はちゃんと思い出すから。だから……」

もう一度、一度だけでいいからチャンスが欲しい。

一瞬躊躇ったのちに、凛がせつなげに笑う。

「瑛人」

愛してる、と囁いた凛が瑛人の唇を塞いだ。

熱い唇は甘く、優しく——そして、それが最後となった。

通い慣れた大学のキャンパスは、ちょうど授業中で生徒の姿は疎《まば》らだった。

試験前ということもあって誰もが真面目に授業を受けている最中、瑛人《あきと》は一人で教務課を訪れた。

普段、教務課にはレポートの提出や学割をもらうとき、あとは成績証明を取りに行くくらいの用事しかない。

今日で大学を訪れるのは最後になるだろう。退学すると決めても書類の受領と提出の二回ですみ、引き留められることもなかった。

教務課の建物は中庭に面しており、そこを出たところで瑛人は正岡《まさおか》と鉢合わせになった。

「佐倉《さくら》！」

「久しぶり」

確か正岡は三限の授業を取っていたはずだが、そちらはどうしたのだろう。

「授業中じゃないの？」

「探してた。さっき、早川《はやかわ》がおまえを見たって言ったから」

掴まれた腕をそのまま引かれ、時間帯のせいで人気《ひとけ》のないベンダーのコーナーへ連れていかれた。

カラフルなベンダーの前で立つ瑛人を、正岡は険しい表情で睨みつけた。

「おまえさ！」

「な、なに？」

勢いよく迫られて、たじろいだ瑛人は後退《あとずさ》る。こんな剣幕で詰め寄られる理由が、思いつかなかったのだ。

「大学やめるって？」

「ああ、そっち」

その情報が正岡の耳に届いているのが意外で、瑛人は目を瞠《みは》った。もっとも、彼にはあとでメールをするつもりだったので、手間が省けて有り難い。

「うん、やめたんだ」

瑛人は静かに言った。その態度が気に入らなかったらしく、彼はぐいと一歩近寄る。

「一言も相談しないなんて、どうしてだよ」

「どうしてって……決めたことだから」

ほかに説明が思い浮かばず、瑛人は淡々と告げた。だが、その冷静な態度が正岡の神経を逆撫でしたようだった。

「だから、何でだよ！　留年するからか？」

「……そうじゃない」

昨秋、瑛人は体調を崩して三週間近く大学を休んでしまった。診断書を提出できなかったため、それが原因で不可が確定的な科目がかなりあるのは事実だ。けれども、退学する直接的な理由は留年が決まったせいではない。

「正岡、僕は……」

瑛人は一度言葉を切り、昂奮した様子の彼を真っ向から見据《みす》えた。

「僕は、わからなくなったんだ。どうして医学部を選んだのか」

「は？」

いきなり何を言いだすのかと、正岡がぽかんと口を開いた。

人生をどう生きればいいのかわからず、瑛人は袋《ふくろ》小路《こうじ》に迷い込んだ。

悩んで悩んで、こんなふうに迷ったままでは前に進めそうにないからと、瑛人は自分でも想定外の選択をしたのだ。

その道を選ぶだけの大きな変化が、己の内側にあったからかもしれない。

「ああ……このあいだ病気、したからか？」

「そうじゃないんだ。だいぶ前から、本当はずっと気になってた」

「そんなの、わからなくていいじゃないか。なりたいものになるのに、理由なんてないだろ！」

「——ごめん……」

いつになく激高する正岡を宥《なだ》められず、困惑した瑛人が肩を落とす。その姿を見て、正岡は「俺も悪かったよ」とぶっきらぼうに告げた。

「……あのさ、俺、子供の頃に長期入院してたって話したろ」

「聞いたよ」

「それが理由で医者になりたいって思ったって言ったよな」

「うん」

「俺みたいに、子供時代をまるまる病院のベッドで過ごすのは可哀想だからさ。ちょっとでも早く治してあげたいんだよ」

正岡が真摯《しんし》に語りかけてきたので、瑛人は思わずそれに聞き入った。

「おまえなら、お世辞抜きでいい医者になると思う。優しいけど、それだけじゃなくて結構決断力もある」

「…………」

答えられなかった。

引き留めてくれる正岡の好意は嬉しかったが、もう決意したことだ。誰かに慰留されたところで、瑛人の気持ちは変わらない。

「退学じゃなくて休学にして、少し遊んでみるとかさ。おまえ、今までずっと一人で頑張ってたろ」

「ありがとう。そう言ってもらえて、嬉しいよ」

「じゃあさ…」

何かを言いかけた正岡が勢いよく顔を上げたので、瑛人は真剣な面持ちで首を横に振った。

「ごめん。だけど、もう決めたんだ」

瑛人が決意を込めて答えると、正岡は短く息を吐いた。

「……そっか」

瑛人の表情に迷いがないと見て取ったらしく、彼は気持ちを切り替えることにしたようだ。

「わかった。困ったことがあったら連絡しろよ。いつでも力になるからさ」

「ありがとう」

授業中に飛び出してきた正岡とそこで別れ、瑛人は正門を目指す。

振り向くと、キャンパスの名物である大銀杏《おおいちょう》のシルエットが大きく見えた。

この大銀杏を見るのも最後だと思えば、淋しさに似たものが胸を一陣の風となって吹き抜けた。

大学を出て医者になるのが、瑛人の夢のはずだった。なのに、突然、怖くなったのだ。

いったい自分はいつから、どうして、そんな夢を抱いたのだろう?

自分はいったい、何を考えているのか。

自分で自分がわからなくなってしまった。

大学の最寄り駅から乗った昼間の私鉄は空いており、シートに腰を下ろした瑛人は窓に凭《もた》れて体重を預けた。

明日からどうしよう。考え抜いて決めたはずだったのに、まだ先は見えない。

とはいえ、落ち込んでいるわけではなかった。

これからやることは、まだほかにもあるはずだ。

地元駅で降りた瑛人は短い商店街を抜け、自宅のある住宅地へ向けて歩いていく。その途中で瀟洒《しょうしゃ》な店構えのケーキショップの前を通りかかった。

ショーウインドウに飾られているのは、見るからに美味しそうな色とりどりのケーキだった。最初は模型かと思ったが、よく見るとケースは冷蔵用だ。おそらく、今日のお勧めのケーキを展示しているのだろう。

ケーキ、か。

大学をやめたお祝いに自分でケーキを買うのも、門出にいいのかもしれない。

「いらっしゃいませ」

白いレースのエプロンをした中年の女性店員が、瑛人に顔を向けて機械的に微笑んだ。

「すみません、ショートケーキ一つお願い…」

瞬間、何かがちかっと脳裏で光った。

瑛人が言葉を不自然に切ったので店員は反応を待っている。

「……あの、それでお願いします」

「かしこまりました。いつもありがとうございます」

常連客に対するような社交辞令をさらりと流し、瑛人は微笑む。ルーチンで発された言葉にたいした意味はないはずだ。

女性店員はケーキの箱にショートケーキを一つと、紙で補強した保冷剤を入れる。すぐそこなのでいいと断ろうと思ったが、せっかく用意してくれたのだからと考え直した。

ケーキの入った白い小さな箱を右手に持ち、瑛人はショップを出て帰路を辿る。

赤信号で立ち止まった瑛人が何げなく反対側の車線に視線をやると、そこに背の高い青年が立っていた。彼が自分を見つめている気がして、それが誰なのかを確かめたくなった瑛人は目を凝《こ》らした。

「あ」

大型トラックが激しくクラクションを鳴らしながら、交差点に突っ込んできた。

その騒々しさに思わず一歩退き、反射的に目を閉じる。大型のトラックと路線バスが通り過ぎたときには、既に先ほどの人物はいなくなっていた。

瑛人は何げなく、ケーキの収められた箱に視線を向ける。

ケーキはこんなに軽いものだったろうか?

不意に、何かが足りないような気がした。

一つ分のケーキの頼りない重みを確かめつつ、瑛人はもう一度信号に目を向けた。

4th piece

「旅行?」

厳しい冬の寒さが緩んできた日、研究員として勤務する凛《りん》をキリエが訪れた。

研究所のロビーは、しんとして人気《ひとけ》がない。

ここ一年ほど、凛は血族の人間と暮らすのを強いられていた。息が詰まるような生活だったが、なぜか、それもここ数ヶ月でだいぶ締めつけが緩くなっていた。

その理由を知りたかったが、キリエ本人に直接聞いて藪蛇《やぶへび》になっても面倒だ。

「旅行というよりは、海外出張ですね」

どちらにしても、キリエが日本を離れるのは間違いない。凛にとっては大きなチャンスだった。

「ずいぶん、急だな」

「お土産でもいりますか？」

「頼まれてもいらないよ。まさか、そんなことを言うために来たのか？」

凛が短く吐き捨てると、キリエは「淋しいですね」と笑った。

「今度は学会か何かか？」

「商談です」

秘密主義のキリエは、必要以上のことを口にしない。

凛の仲間たちは、本州の山奥で小さなコミュニティを作って生活している。広大な土地は戦後の混乱期に上の世代の連中が金を出し合って買い、そこに集団で住み着いた。閉鎖的な集落と周囲に見なされ、好奇心で外部から訪ねてくる者もいない。血族でもそつのない者が窓口になっていたが、外との接点は最低限のものだった。

凛は血族が嫌いだった。他者との共生を拒み、孤独を甘受している。普通の人たちが暮らす場所を『外界』と呼ぶことで見下し、明確に区別していた。

血族は同族で結婚するので、変身する能力を持たない者は少数で、そういう子供たちは早いうちに外界へ送られることになっていた。生後一年で能力の有無は判別でき、変身できない者たちの子孫は、ほぼ全員が普通の人間と変わらないからだ。彼らが外界で子をなしても、瑛人《あきと》のように変身能力を持たない子供が大半だった。彼らは血族の血を引く者であったが、血族ではなくヒトとして見なされていた。

血族は外界で生まれた子らとの関わりを望まない。凛がどれほど瑛人に焦《こ》がれても、彼を血族に引き入れられない理由がそこにある。

そのうえ、血族は仲間の離脱を許さない。一人でも欠ければ規律が乱れ、自分たちの正体が外部に知られて狩られることになると思い込んでいる。仮に凛が瑛人と逃げ出せば、全力で追いかけてくるだろう。

「来週には戻りますので、あなたもたまには時間を作って私たちを訪ねてください」

「あの村に？」

村というと鄙《ひな》びた集落を想像しがちだが、コミュニティはかなり洗練されている。面倒を避けるために建物を偽装し、外部の人間を寄せつけなかった。

「ええ。あなたが望むから、幹部に掛け合ってコミュニティの外へ出ることを許したんですよ？　大学進学もできましたし、もっと感謝してほしいくらいです」

瑛人と接触するのを避けるため、首都圏で暮らすのは許されなかった。だが、かといって凛が瑛人を求める心を抑えられるわけがない。

自分たちの身を守るために他人の記憶を勝手に弄《いじ》るのも、凛が血族を好きになれない理由の一つだった。

血族は身を守るために、運悪く血族の正体を知った者たちの記憶を消す。その技術は代々長《おさ》のみが知る秘術だったが、キリエが現れる数年前、火事で長の一家は全員死んでしまった。これでは迂闊《うかつ》に村の外に出られないと皆が途方に暮れたところで、キリエが現れた。

血族は日本だけでなく、世界各地に分散して暮らしている。窮状《きゅうじょう》を知った北欧のコミュニティから送られてきたのが、記憶を消す技術を持つキリエだった。

彼は外国から来たうえ、若さと天才的な医学者などという肩書きのせいではじめはなかなか信用されなかった。しかし、キリエは血族の変身を抑制する安定剤を発明したことで、立場を安泰なものにした。

血族も新しい長を選んだが、キリエのほうが皆に信頼され、尊敬されている。

そんなキリエが固執するのは、血族でも図抜けて能力が高い凛の肉体だ。変身をコントロールする力と治癒力は、血族の誰よりも高い。聞けば凛の両親も同様で、その能力ゆえに血族に追われていたのだという。

ここ二、三年は、キリエは日本を離れたがらなかった。それは凛が瑛人に執着するあまり二人で逃亡するのを恐れているせいではないかと分析していたが、今回は自ら出張を知らせに来た。

いったいどういう心変わりなのかと、凛もキリエの考えを理解しかねていた。

「幹部って、おまえが了承すればそれで実質的に問題はないだろ」

「そうであったとしても、何ごとにも根回しが必要です」

「外で暮らすのと引き替えに、俺の躰《からだ》をさんざん弄り回したはずだ」

キリエが研究の成果を使って、外界の連中と何やら怪しい取引を行って巨額の金を得ているのは薄々感づいている。安定剤の製造には金がかかるし、そもそも外界からの資金なしに、数百人からなるコミュニティを維持するのは難しい。

だが、キリエはいかなるときも特別だ。外界に繫《つな》がるルートをキリエが持つことに、血族が文句を言うことはない。

凛の勤務先も、そのつてによって選ばれた。キリエの知己の経営する私設の研究所で、凛は生物に関する非合法すれすれの研究に取り組んでいる。

「まだまだ研究し足りません」

「十分じゃないのか？　銃で撃つし切り刻むし、好き放題してるじゃないか」

「凛、あなたの治癒能力は大変魅力的です。多分に研究の余地はある」

血族が神から与えられた恩恵は、いくつかある。

変身をコントロールしきれないという大きな欠点はあったが、傷に対する肉体の治癒能力が高い。しかし、傷を癒すために体力を消耗すると、熱が出ることも多い。以前、凛が瑛人に会ったときに倒れたのは、先を急ぎすぎて途中で怪我《けが》をしたため、それを治すために体力を使ったからだ。

両親の血筋のせいか、凛は変身の制御能力も治癒能力も他者よりずっと優れている。そこにキリエは執着しているのだ。

「躰しか取り柄がないみたいだな」

「ご冗談を。あなたは自分の頭脳がどれほど優秀か、知らないわけではないでしょう？」

「おまえに褒《ほ》められるのは気味が悪い」

それを耳にして、キリエは微笑むばかりだ。

「あなただって一つの研究所に留まって研究に没頭すれば、もっと素晴らしい成果を挙げられますよ」

それは、瑛人に会うためにいちいち何もかも投げ出すなと言外に忠告されているようだった。

「あなたはなかなか目移りしないタイプなのに、仕事に関しては別ですね」

「心に決めたもの以外は、どうでもいいからだ」

お互いにはっきりと名を出すのを避けていたが、瑛人のことを指すのは明白だ。

「厄介な性質です。それさえなければ、あなたの子孫を増やせる。あなただって、欲望を解消するだけならば瑛人でなくてもいいでしょう」

凜は途端にうんざりした顔になる。

欲望を吐き出すために瑛人以外と寝たことは何度となくあるが、何の意味もなかった。瑛人を抱くときのような昂揚を覚えたことは、一度としてない。

瑛人だけが、凜の魂を焦がすのだ。

「つがいは生涯に一人――およそ獣らしくない性質だ」

「仕方ないだろう？　理由が知りたいなら、遺伝子でも解析しろよ」

「楽しそうですね。無闇に種を撒《ま》き散《ち》らして、ヒトよりも優れている種族が増えすぎてはいけないという、神の采配かもしれません」

冗談なのか本当なのか、キリエの言い分はわからない。

「どっちだっていいよ。生涯ただ一人しか望まないほうが、気が楽だ」

「楽？」

「こんな気持ち、何度も味わいたくないからな」

キリエは「そうですか」と口許《くちもと》を歪めた。

三年前、瑛人の両親が亡くなったことで、瑛人への思いを再燃させた凜は、何度も村を脱走しようとした。だが、それらはすべて失敗し、呆れるキリエに凜はあの日尋ねたのだ。

ここまで瑛人にこだわる凜の記憶を、どうして消さないのかと。消してしまえば、凜はキリエにとってもっと御しやすい存在になるはずだ。

するとキリエは、凜が凜でなくなるのはつまらないと言い放ち、一つの賭を持ちかけた。

瑛人がキリエの呪いを解き、すべてを思い出したら、凜が血族から離れるのを見逃してくれるというものだ。無論、凜が瑛人に過去を詳細に教えてもかまわない。最初に記憶を消す際にキリエが教えたキーワードを瑛人が思い出しさえすれば、それで凜を自由にすると。

当然のことながら、そのキーワードが何なのかは凜にもわからない。

しかし、キリエさえ見逃してくれれば凜の逃亡は成功する。ならば、この賭に勝たなくてはならないのだ。

「あなたも、そんな相手は最初からいないほうがもっと楽かもしれませんよ。あるいは、いなくなってしまったほうが」

「くだらない仮定だな」

「私も気が楽です。あなたの脱走の後始末をするのは金と時間、何よりも手間がかかる」

凜に追いついて賭が終了すると、キリエは凜が瑛人と過ごした痕跡を物理的に消し去り、瑛人を保護してその記憶を封じ込める。

特に、瑛人の記憶を弄るためにはいろいろな辻褄《つじつま》を合わせなくてはいけないはずだ。

「だいたい、おまえだって仮にも血族なら、望む相手は一人だろ？　誰なんだ？」

キリエは微笑んだまま、答えようとしなかった。

「それで、用事は？」

「安定剤を届けに来ました。そろそろなくなる頃でしょう？」

「宅配便代わりか。おまえも暇だな」

「あなたほど能力値の高い血族を失うことは、大きな損失ですから」

こうした会話のひとつひとつから、キリエの意図を探り出そうとしても探りきれない。

キリエは不可解な存在だった。

その才能を生かせばもっと素晴らしい研究ができるだろうに、どうして血族に縛られているかがわからない。

キリエにとっては益のない面倒な賭を持ち出したのも、同様だ。瑛人に忘れられて傷つく凜を見るのが楽しいのだろうか。

「では、お元気で」

「ああ」

キリエには、自分が日本を離れても問題ないと思える余裕があることだけはわかった。

今度の賭も、勝算があると信じているのだろう。

彼の自信がどこから生まれてくるのかわからないところが、凜にはひどく不気味だった。


ホテルの一室から東京の街並みを見下ろしながら、凜は大きな窓に寄りかかっていた。眼下に広がる光の渦は、視覚にも聴覚にも暴力的に訴えかけて騒々しい。

「……行くか」

独りごちたあと、薄地のコートを羽織《はお》って部屋を出た凜はカードキーをコートのポケットに突っ込み、エレベータでロビー階まで下りる。直接駅へ向かうか少し迷ってから、近くのコーヒーショップへ足を運んだ。

キリエが日本を発《た》った日、凜は監視する血族の目を盗み、瑛人に会うために密かに東京を訪れたのだ。

この時間では瑛人が大学から帰っているかはわからないのもあったが、本当は瑛人に会うのは怖かったからだ。

臆病になったものだ、と自分自身を嘲笑う。

カウンターで注文したコーヒーを受け取った凜は、道路に面した席に座り、ワークブーツを履いた長い足を無造作に投げ出した。夜なのでサングラスをかけるわけにもいかず、眼鏡《めがね》をかけて頬杖をついていると、妙に視線を感じた。

この顔のせいで目立つと、自覚はある。結局、凜はどこにいても、他者の視線から逃れられない。

「あの」

声をかけられて顔を上げると、二十代前半の女性がにこりと笑いかけてくる。一般的には美しいと評されるような、目鼻立ちがはっきりした面差しだった。

「一人ですか？」

「二人に見えるのか？」

彼女が声をかけてきた意図はわかっていたので、凜は不機嫌に突っぱねる。

「あ、いえ……その」

「放っておいてくれないか」

「……はい。ごめんなさい」

尻尾《しっぽ》を巻いた犬のように、彼女は去っていく。

傷つけたかもしれないが、悪いとは思えない。瑛人以外は、凜にとってはどうでもいい存在だった。

会いたくてたまらない。

こうしているだけで、思いは瑛人へ向かう。

幼い頃であれば、どこへ行くのも常に二人は一緒だった。瑛人の兄であることが凜には誇らしく、どんなときも彼を守ってきた。だから、年を経るうちに瑛人と過ごす時間が減ったのが、ひどく淋しかった。

思えば、あのときから凜の飢渇《きかつ》は始まっていたのかもしれない。

喉の奥がひりつき、凜はぬるくなったコーヒーを一気に干した。

いざとなると、瑛人に会うのを躊躇《ためら》ってしまう。

ここに来た以上は、できる限り早く瑛人に再会すべきだ。キリエの定めた賭のルールでは、いつゲームを始めてもいい。ただし、キリエが凜の逃亡に気づいて追いついたときがゲームオーバー。そのときまでに瑛人の記憶が戻っているかが勝敗を決する。

そのことは十分理解していたが、一方では拭《ぬぐ》いようのない不安があった。

これまでに、凜は何度も同じ失敗を繰り返していた。失敗のプロセスはそれぞれ違うが、最終的に瑛人は何も思い出せなかったという点で、一緒だった。

昨年、軽井沢《かるいざわ》では瑛人と何度も何度も抱き合った。

やっと思いが通じたと嬉しかった。今度こそ、瑛人は凜を思い出してくれるだろうと、信じた。

　それでもどこかで怖かったから、瑛人の中に自分のしるしを残そうとした。抱き合うことで、その四肢に記憶を刻み込もうとしたのだ。

　昨年はやはり失敗し、瑛人とまた離ればなれになってしまった。

　記憶を封じるのは、キリエによる一種のマインドコントロールだ。といっても、もとからあった思い出を消し去るわけではない。単に、思い出せないように強い暗示をかけるだけだ。

　だが、それを何度も繰り返せば記憶や周囲の認識に齟齬《そご》が生まれ、瑛人の心に悪影響を及ぼすだろう。

　だからこそ、賭は今回を最後にするつもりだった。出会うたびに瑛人は凜を忘れており、その事実が凜の心を引き裂く。

　あなたなんて知らない——愛する人にそう言われる絶望を味わい、それでも彼の無意識の仕種のひとつひとつに、じつは覚えているのではないかと期待を抱き、そして最後には突き落とされてきた。

　いつも、凜が思うほど瑛人は凜を思っていないのだと、自分の片想いだと知らされる気がした。

　愛する人に忘れられるのは、存在を殺されるのに等しい。

　瑛人の頭の中で、凜は何度も死を迎えた。それを確認するたびに、自分という存在を呪った。けれど、それでも出会わなければよかったなどとは思えないのだ。

　たとえ瑛人が自分自身を忘れてしまったとしても、もう二度と触れ合うことができなかったとしても、この愛執は決して消えない。

「行くか」

　小さく呟いた凜は、椅子を引いて立ち上がった。

　瑛人の暮らす街までは、ここから三十分ほどだ。

　電車に乗り込むときもキリエの手のものに見張られていないか注意してみたが、まだ監視はいないようだ。

　ホームに降り立った凜は自動改札を抜け、階段を下りていく。商店街は閉店間際の投げ売りの時間帯で、主婦や仕事帰りのＯＬが足を止めて買い物をしていた。凜は彼らのあいだを縫うようにするりと歩く。

ケーキショップの前を通り過ぎ、その近くの横断歩道を渡った。そこから角を曲がり閑静な住宅地に入ると、それまでの喧噪《けんそう》が嘘のように静かになる。

路地を歩いていた凜は、見覚えのある路地に入った。その先の角にある煉瓦造《れんがづく》りの塀が佐倉《さくら》家で、瑛人はそこで一人で暮らしているはずだ。

白い壁に茶色の屋根が特徴の家。

記憶の中にある家を目指して歩を進めていた凜は、突然、足を止めた。

ない。

白い壁。茶色い屋根。煉瓦で作られた塀。鉄製の門。凜の記憶の中にある佐倉家はそこにはなく、代わりに切妻屋根《きりづまやね》に灰色のタイルを貼った堅牢《けんろう》そうな家があった。一瞬呆然としてから慌てて表札を見ると、そこには『吉村《よしむら》』と書かれている。

佐倉ではない。

道を間違えたのだろうか。

瑛人の住所は覚えているし、携帯電話にも登録している。

凜は吉村家の住所を確かめようとしたが、ポストに記載はなかった。隣の家も同様で、三軒目でやっと番地を確認できた。

住所は三丁目十六。瑛人の家が十八だから、間違ってはいないはずだった。

家を建て直し、凜の知らない相手と暮らしているのだろうか。まさか、瑛人は凜を忘れたまま婿《むこ》入りでもしたのか。結婚には早い年齢だしまだ学生だが、可能性はゼロではなかった。

凜はインターホンのベルを鳴らした。

『はい』

答えたのは、若い女性だった。

『どちらさまですか？』

「……こちら、佐倉さんのお宅ではありませんか？」

『いいえ』

はっきりとした回答に、凜はどきりとする。

「佐倉さんは……」

『存じ上げません』

相手がそう言って一方的に会話を打ち切ったので、凜は途方に暮れた。取りつく島もない様子は、住人が厄介ごとを好まないと示している。念のためもう一度ベルを鳴らしてみたが、返答はなかった。

一瞬にして、数日前の会話が甦る。

キリエ。

あの男の余裕の正体は、これか。

何もかも、キリエの仕業なのか。

「くそ……」

凜は呻《うめ》いた。

キリエが凜の執念に業《ごう》を煮やし、瑛人を排除したのだろうか。だとすれば、絶対に許せない。殺してやる。

だが。

いつだったか、顔を合わせたときにやけに自信ありげにキリエが放った言葉がある。

──そもそも瑛人は、本当に存在していたのですか?

瑛人の存在でさえも、凜の妄想なのではないかと言ったのだ。キリエ流の凜に対する揺さぶりだ。嘘はつかないが、仮定を並べ立てて凜を攻撃する。

彼は、凜の絶望を見たいのだ。それが腹立たしく、あのときも凜はキリエと口論になった。

今、凜は当時と同じ問いを突きつけられていた。

瑛人という存在はいたのか、いないのか。

瑛人を失ったら、自分はどうすればいい?

「…………」

自分の中の獣が、こんな現実はあってはならないと怒りで咆吼《ほうこう》している。

……まずい。

昂奮しすぎて躰の制御が利《き》かなくなりかけている。

このままだと、変身してしまう。

耐えきれなくなった凜は、心の赴《おもむ》くままに走りだした。

一人になれるところへ行きたかった。心の中に湧き起こる得体の知れない感情を、吐き出したかった。

葉の落ちたプラタナスの並木道を走り抜け、住宅地の中にある児童公園に飛び込んだ。

ブランコや滑り台といった遊具が中心の夜の公園には、幸い人影がない。

凜はその中央に立つ街灯に手をかけ、凭《もた》れかかった。今は、体重を預けるものが欲しい。そうでなくては不安と恐怖に頽《くずお》れてしまいそうだった。

大きく肩で息をしながら、ずるずるとその場に座り込む。

冷静になれ。

瑛人は絶対に、存在している。

生涯ただ一人と定めた相手が、幻のわけがない。

瑛人がいなくなったのなら、それはキリエの謀略の結果に決まっている。

瑛人に何かあれば、今度こそ許さない。キリエを殺すことだって辞さないだろう。

どれくらいそこでうずくまっていただろう。

しんしんと躰が冷えてきて、我に返った凜は身を震わせる。

諦《あきら》めるわけにはいかないと、己を叱咤する。

まずは、明日にでも彼の通っている大学を訪問しよう。人が多い場所へ行って目立つのは本意ではなかったものの、それ以外に瑛人の行き先を探す手がかりはない。

しかし、それすら無駄だったら？

恐怖に躰が芯《しん》から冷えてくる。

今まで、たった一つのものしか信じてこなかった。

たった一人しか、愛してこなかった。

それをいきなり、見失ってしまったのだ。

平常心でいろというほうが無理だ。

込み上げてくるものは怒りか、あるいは絶望か。

混沌としすぎて、何もわからない。

耐えきれずに凜は口を開け、咆吼した。肺腑《はいふ》からすべての息とありったけの思いを吐き出す。

そうでなくては、己の心中から生まれるどす黒い感情に押し殺されそうだった。寒々しい思いに潰されてしまいかねない。

瑛人はいた。紛《まご》うことなく、この世にいた。

確固たる記憶と熱い感情が、瑛人の実存を証明している。

この肉体と魂に、瑛人の存在がしっかりと刻み込まれている。

「瑛人……」

溢れそうな想いを堪《こら》えるために地面を引っ掻くと、やわらかな土の中に指がめり込む。

けれども、姿を消したというのは瑛人が凜を完全に忘れたということだ。

もう、こんなふうに再会を望んでも無駄だということだ。

今回だめだったら諦めるつもりだったのに、いざとなると胸が潰れそうだ。

この先、何度おまえのいない夜を過ごせばいい?

「……瑛人……」

狂おしい想いで、凜はもう一度彼の名前を呼んだ。


——凜。ほら、可愛いでしょう? あなたの弟よ。

初めて瑛人を抱き締めたときのことを、覚えている。甘ったるくていい匂いがした。やわらかくてあたたかくて、凜が抱っこをするとすぐに泣いた。

乳児はわずかな匂いを嗅《か》ぎ分《わ》け、自分を抱くのが母ではないことを悟ったのだ。

そのうちに瑛人は凜の匂いを覚え、抱いても泣かなくなった。

さすがに風呂に入れるのは母の仕事だったが、湯から出た瑛人の躰を拭《ふ》き、パウダーを叩き、おしめをして……赤子にまつわる仕事を任されたのが、凜には嬉しかった。

自分が彼を育てているようで、愛しさが増した。

泣いている瑛人を抱き上げてあやすと、すぐに機嫌を直して笑いだした。信頼されているという喜びは、凛にはかけがえのないものだった。

あの頃は、ただただ、純粋な感情を向けられる喜びを味わっていた。

瑛人はいつも凛を追いかけてきた。疑うことも媚《こ》びることもなく、凛に純粋に懐《なつ》く存在を愛さないわけがない。

愛すれば愛した分だけ、瑛人は無垢《むく》な愛情を返してきた。

ずっと好きで、好きでたまらなくて、ひたむきな愛情を注ぎ続けた。

一途な感情を執着といえばそうだろうし、瑛人には迷惑だったのかもしれない。

だけど、凛には瑛人だけだ。瑛人だけしかいないのだ。

瑛人を探さなくてはいけないと思いつつも、大きな手がかりを失った絶望が凛の心に忍び寄り、思考を麻痺させる。

指も髪も爪先も唇も、何もかもが冷気に侵されていく。いっそ躰の芯まで凍え、そのまま死んでしまえたら楽なのにと思う。

誰かが公園の中にやってきたのがわかった。このままでは不審者として通報されそうだったが、立ち上がる気力が出てこない。

「……凛？」

懐かしい声に呼びかけられた。

いや、違う。これは幻聴だ。

こんなところに瑛人が現れるわけがない。姿を見せるわけがない。

だけど……もう一度呼んでほしい。

そうしたら、顔を上げることができる。手を伸ばし、瑛人を抱き締めることができる。

「凛」

声の主はもう一度凛を呼んだ。

「瑛人……？」

おそるおそる顔を上げた凜の目に映ったのは、間違えようもない、瑛人の姿だった。

この東京で二人が偶然に再会する確率は、どれくらいなのだろう。

呆然と地べたに座り込む凜を笑うでもなく、瑛人は緊張した面持ちでそこに立っていた。

「凜ですね？」

どこか自信のなさそうな瑛人の声が、谺《こだま》のように凜の内側で響く。

「そうだ……」

自分は夢を見ているのか。

「よかった」

正解を見つけた子供のように誇らしげに、瑛人が鮮やかに笑った。

「…………」

声が出ない。

グレイのコートを着込んだ瑛人は、なおもその場に尻をついたままの凜の前に跪《ひざまず》き、「どうしたの？」と不思議そうに問う。

「――瑛人、おまえ……本物なのか？」

動揺に、ひどく声が掠《かす》れてしまう。

「偽物の僕がいるんですか？」

凜の問いを耳にして、瑛人が困惑した表情で聞き返す。

離れていたあいだに、少し顔つきが凜々《りり》しくなっていた。街灯のぼんやりした光の中でも、彼の顔ははっきりとわかる。

「そうじゃない。でも、キリエなら、やりかねない……」

「キリエ……」

胡乱《うろん》な調子で繰り返す瑛人に、凜はようやく彼が本物なのだと思い始めていた。

街灯のぼやけた光の下に座り込む瑛人は、以前のういういしい色香とは違う種類の、人の心を掻き乱すような甘い匂いを放っていた。

「綺麗になった」

「そう?」

戸惑うように、瑛人が首を右に傾けた。

「……触って、いいか?」

「うん」

頷く瑛人の頬に、凛はそっと触れた。

夢にまで見た瑛人の体温だと、この指が覚えている。全身の血が歓喜にざわめき、凛はぶるりと震えた。

「瑛人……」

堪えきれなくなった凛は彼の首に手を回し、ぐっと引き寄せる。膝をついた瑛人を抱き寄せ、その匂いを鼻腔いっぱいに吸い込んだ。

間違いない、瑛人だ。

「どうして、ここがわかった?」

「凛の声が、聞こえた気がして」

瑛人は細いがはっきりした声で答える。

「俺の?」

「うん。どうしてかはわからないけど……」

凛はわずかに身を離し、瑛人をまじまじと見つめた。

先ほどの咆吼を、瑛人は聞いたのだろうか。

でも、あれは、人には獣の声でしかないはずだ。

「わかりません。ただ、どうしてもここに来なくちゃいけない気がして、電車に飛び乗ったんです。方角が、ちょうどうちのあった場所だし……」

瑛人もわずかだが血族の血を引いている。それを思えば、そんな奇蹟《きせき》が起きてもおかしくないのかもしれない。

「嬉しいよ」

瑛人の存在を感じ取り、全身の細胞が活動を始めている。

瑛人が欲しくて、全神経が疼《うず》く。

「瑛人……!」

勢いをつけ、凛は瑛人の唇を塞いだ。

「!」

瑛人の躰がぐらりと傾ぎ、砂地に倒れた。それでもやめられない。本能が燃《も》え滾《たぎ》るに任せて、凛は瑛人の口腔《こうこう》を味わい尽くした。彼のコートのボタンを外し、セーターをたくし上げる。腹のあたりに直《じか》に触れると、瑛人が顔をしかめた。

「待って」

制止する瑛人の声は、甘く震えている。

「だめだ」

凜は短く言い切り、瑛人の首のつけ根に嚙みつく。嚙んだところから瑛人の味がして、陶然としたものが込み上げてくる。

一度味わえばもっと欲しくなり、凜は瑛人のやわらかな耳を嚙んだ。そのまま顔をかたちづくる骨を舐め、顎《あご》にくちづけ、顎の下から喉にかけてをこそげるように何度も舐めた。

貪《むさぼ》る。

まさに、今の己は飢えた獣だった。

「やだって……」

上体を捻《ひね》り、瑛人が儚《はかな》げな声で訴えたので、凜はそこで動きを止めた。

気づくと瑛人はすっかり砂まみれになっていた。

「──悪かった」

「まだ僕のこと、好きなんですか?」

信じられない問いに、凜は己の耳を疑った。

「何言ってるんだ、おまえ……」

どうしてそんなことを聞かれるのか、わからない。

「だって」

言葉を切ってから息を整えた瑛人が身を起こし、自分の髪やコートについた砂を両手で払った。

それから、「どうなんですか?」と、改まった口調で再び問う。

「俺は一生に一人しか好きにならない」

何度も繰り返した言葉だった。

彼の双眸《そうぼう》を見つめ、凜ははっきりと断言する。

瑛人もまたどことなく緊張した面持ちだった。

唯一の相手しか愛せない、不自由な獣としての本能に突き動かされているのか、凜の気質なのかはわからない。

ただ、凜が定めた相手は、生涯、瑛人だけだ。

「そうじゃなければ、おまえを探しにここまで来ないよ」

一息に言った凜は立ち上がり、瑛人から少し距離を取った。

躰が熱い。

瑛人をこのまま貪ってしまいそうで怖い。それくらい、凜は瑛人に飢えていた。

——こんな場所ではだめだ。

それに、瑛人の気持ちを確かめなくてはいけない。

焦って同じ失敗をしたくなかった。

凜は己の昂奮を抑えるべく深呼吸を繰り返し、努めて静かな声を出した。

「話をしたいんだ」

「話？」

瑛人が怪訝《けげん》そうな声になったので、凜は眉を顰《ひそ》める。

「何だ？　飯か？」

「確かに、お腹《なか》は空いてますけど」

なぜか瑛人がそこで言《い》い淀《よど》んだ。

「じゃ、飯にしよう。ファミレスとか……適当でいいか？」

「……そうじゃなくて」

瑛人は微かに笑い、自分から凜の肩に触れてきた。

コートの生地越しにも、瑛人の体温を感じる。

「僕だってあなたのことが欲しい」

今、瑛人は何を言ったのか。

どういう意図で言われたのか、最初はわからなかった。

欲しい？

「なに……？」

「その……飢えてるんです」

彼の手が、凜の頬に触れた。

「何に？」

「だから、その……」

「もしかして、俺に？」

だめ押しのように問うと、瑛人は先ほどまでのしゃきっとした姿が嘘のように赤面した。

「だ、だめ、ですか」

恥ずかしそうに口籠もられて、凜のほうが呆気にとられる。

「何でそうなるんだ」

瑛人に数歩近寄り、その華奢《きゃしゃ》な躰をぎゅっと抱き寄せた。

「嬉しいよ」

髪に唇が触れる。

「行こうか」

「どこに？」

「俺の泊まってるホテル」

「うん」

頷いた瑛人が、潤んだ瞳で凜を見つめてくる。

これがキリエの仕掛けた罠でも、いい。

そう思えるほど、凜はこの再会に感謝していた。


取り戻したい記憶が、瑛人にはあった。

どうしても、何があったとしても忘れたくないもの。

無数の取るに足りない記憶の中に埋《う》まった、宝物。

タクシーの外は、普段と変わらない街の光景が広がっているが、瑛人の感情はいつもとはまるで違う。

欲しかったものを手に入れたという、喜びに打ち震えている。

伸ばした手が、今夜、凜に届いたのだ。

「今日は混んでますねえ」

運転手の言葉に、凜が相槌《あいづち》を打つのが聞こえる。

こうしてもう一度凜に出会えたことが、夢のようだった。

想いという細い糸を頼りに、ここまで来たからだ。

話したいことはたくさんあった。だけど、いざ凜と再会すると、言葉は出てこなかった。

おかげでタクシーの中でも無言で、つかず離れずの微妙な距離を保ったままだった。

　凜を見てしまうといろいろな感情が溢れそうで、瑛人はホテルに着くまでは、顔を見ることさえ我慢した。

　広いロビーを抜けて、凜が真っ直ぐにエレベータを目指す。

「あの、フロントに寄らなくていいんですか？」

「人数が増えたことは、あとで電話しておく」

　凜はこともなげに告げる。

「シングルじゃ狭いでしょう」

「最初からダブルだよ。狭いベッドは好きじゃない」

　いかにも凜らしい理由だった。

　エレベータから降りた凜は、瑛人を角部屋に案内する。

　凜は瑛人に先に入るように促すと、暗がりの中で電気のスイッチを入れる。ぱっと灯りが点き、思ったよりも広い室内の光景が眼前に浮かび上がった。

　凜は部屋のドアを無造作に閉め、クローゼットにコートをかける。

「瑛人、おまえのは？」

「あ、はい」

　コートを手渡すと、凜はそれをさっさとしまい込んだ。そのあとは、沈黙が続く。

「あの……凜」

　耐えきれなくなって名前を呼んだ途端、部屋に佇《たたず》んでいた凜が弾《はじ》かれたように振り返った。

「！」

　そのまま勢いよくベッドに組み敷かれ、背中をしたたかに打った瑛人は一瞬、息を呑んだ。

　顔をしかめつつも上を向くと、ホテルのソフトな照明の下で凜の秀麗な面差しが浮かび上がる。

　綺麗だった。

　そうだ。凜はこういう顔を、していた。

　ここにきてやっと、記憶の回路が鮮明に繋《つな》がった気がする。

　切れ長の目。艶《つや》やかな黒髪。薄い唇に高い鼻。宝石のように不思議な色に揺らめく、金色の瞳。

その顔に見惚《みほ》れる瑛人の心も知らず、凜は性急に衣服を弄《まさぐ》ってくる。

「待って、凜……」

心の奥底に睡《ねむ》っていた回路が開きかけているのを、瑛人は実感していた。

「何だ」

「話は？」

「俺に飢えてたんだろ？」

「そうだけど」

これでは情緒がないと、瑛人は口籠もった。

「おまえは俺を忘れなかった。それで十分だ。話はあとにしてくれ」

セーターを脱ぎ捨てた彼が、遠慮なく瑛人にのしかかってくる。

「でも」

じつのところ、瑛人の記憶は断片的だ。凜を好きだという感情は残っていたが、実際に彼とどんな日々を過ごしたかはよく覚えていない。


だけど、触れられたところが熱い。

腕を摑まれただけで躰が汗ばみ、鼓動が速くなる。

神経が昂《たかぶ》りかけているのが自分でもわかった。

記憶に引きずられているだけではない。

凜が、愛おしい。

好きだ。この人のことが。

「瑛人」

その声はひどくせつなく響いた。

「瑛人……」

「ん？」

「まずい」

何が、と問うまでもなかった。

瑛人の首に顔を埋《うず》め、凜がぶるっと身を震わせる。

同時に彼の躰が大きく歪んだ。

「あっ」

凜の服がびりびりと破け、しなやかな体躯《たいく》の黒豹《くろひょう》が現れた。

まるで凜の髪のように艶やかな毛並み。

それから——目。

金色に煌《きら》めく瞳は、凜のものと相違ない。

そうだ。

凜は黒豹になれるんだった、と瑛人はぼやけた思考の片隅で考える。

記憶の回路が、凜との再会によってひとつひとつ繋がっていく。

過去の自分と今の自分とが、融合していくようだ。

「ッ」

足を折り曲げた黒い獣が、瑛人の顔をざらりとした舌で舐めた。前肢《まえあし》で軽く押さえつけられ、あたたかな舌がそこかしこを這う。

爪でセーターと下着代わりのTシャツを引き裂かれ、上半身を裸にされてしまう。

「凜…ちょっと！」

さすがに黒豹の姿の凜に抱かれるのはどうなのかと、瑛人は全力で相手を拒もうとした。いくら凜を好きでも、それは無理だ。

どうせ抱き合うのであれば、ヒトの姿のほうがいい。

「だめだよ、戻って」

何とか声を張り上げると、凜が喉で唸《うな》る。

だが、恐怖はなかった。

これは凜だ。

「凜、お願い」

その躰が大きく一度震え、ヒトに戻っていく。

人間に戻った凜は全裸で、肩で大きく息をした。

「……悪い」

荒々しい呼吸を繰り返し、凜はそれだけをようやく吐き出した。

「もしかして、すごく昂奮してる？」

宥《なだ》めるように凜の肩に触れると、うっすらと汗ばんでいる。

「……見ててわからないのか？」

おかしげに笑った凜が瑛人の頬にくちづける。

「ふ」

くすぐったい。

「怖くなかったか？　頭に血が上って」

「全然。綺麗だった」

「よかった」

性急だが器用さを失わない指先が、瑛人のチノパンツのボタンを外す。すぐに下着ごとすべて、床に落とされた。

「ン、ん」

情熱的なキスを受け止めて微かに息を吐くと、凜が顔をずらすようにして舌先で瑛人の膚《はだ》を辿り始めた。

「あっ…」

瑛人にとって未知のできごとのはずなのに、神経はその行為を覚えていた。

「ん……凜……」

凜の舌が躰に触れるたびに、そこに快楽を起こすボタンがあるかのように瑛人の肉体は反応した。

鎖骨を辿られたときに思い出したのは、「会いたかった」と言って抱きついてきたときの凜だ。

あれは何度目の邂逅《かいこう》だったのだろう？

初めてのキスとセックスは、最初の再会のときだった。でも、それ以上は今の瑛人には思い出せない。

なのに、熱く甘い思いが込み上げてきて、全身に広がっていく。それは指先にまで浸透するような、やわらかな感覚だった。

「んっ……ふ……」

凜の唇が軽く鎖骨を噛み、浮き上がった骨のラインを舌で辿った。

刺激された細胞が信号を発し、それは快楽となって瑛人の脳を酔わせていく。

こうされるのが快感だと、瑛人の肉体は既に識《し》っている。だからこそ、凜が与えてくれる快楽にすぐに酔い始めた。

同時に、まるで躰の奥底から浮かび上がるように凜との記憶が鮮やかさを増す。

くちづけられるたびに、泣きたいような笑いだしたいような複雑な感情が込み上げてくる。

嬉しい。

好きな人にもう一度会えたことが。こうして抱き合い、お互いの情熱の在り処《あか》を探り合えることが。

凜を思い出せて、嬉しい。

生きていること、触れられること、何もかもが嬉しくてたまらない。

「俺のこと、覚えていたか?」

舌で瑛人の胸を舐めながら、凜が問う。

「うん」

「どこまで?」

「せ…説明、できない……」

「じゃあ、見せてくれよ。俺を、どこまで覚えてるか」

「……凜…」

どうやって、というのは言葉にならない。

膚をなぞる唇と指の動きが大胆になり、瑛人はくすぐったさに躰を捻《ひね》った。凜と触れ合っているという昂奮だけではなく、自分の中に未知のスイッチがあるのだ。それをひとつひとつ凜が舌や指で押していることに気づき、羞《は》じらいに息が上がる。

左の乳首を軽く噛まれて、瑛人は顎を跳ね上げた。そこから生まれた波が、下腹部にまで一瞬にして到達したせいだ。

初めて抱き合ったときの幸福が、デジャヴとなって瑛人を満たした。

「あ……っ…」

「ここ、気持ちいいんだな」

「ん、んっ…だめ……あっ……」

自分の声が自分のものではないかのように、ひっきりなしに揺らいでいる。ビブラートがかかって震える声が高くなるごとに、瑛人の体温も上がっていくように思えた。躰が汗ばみ、動くたびにシーツが纏《まと》わりつくようだ。

「好きだ……好きだ、瑛人……」

吐息交じりの懐《なつ》かしい声音に、心ではなく胸のほうが痛くなる。

何もかも、どんなことでも躰が覚えているのだ。

こういうとき、いつも、好きだと言ってくれた。真っ直ぐな思いをぶつけてくれた。離れるのが嫌だと言って、力いっぱい手を伸ばして、瑛人を最後まで守ろうとしてくれた。

「本当に俺のこと、覚えてるんだな」

欲望から頰を微かに上気させた凜が、表情を隠そうとする両手を除《の》け、瑛人の顔を覗き込んでくる。目を逸らしたまま答えるのもずるい気がしたので、瑛人は真っ赤になって彼に視線を向け、「うん」と小声で肯定を示した。

「よかった……」

凜の声が、ふわりと優しいものになった。

「っ！」

躰の位置をずらした凜に性器を舐められ、瑛人の声が一瞬にして跳ね上がる。恥ずかしくてたまらないのに、彼を止められないのは、このあとにどんな波がくるかうっすらわかっているからだ。

だから、もっとしてほしくて躰を捩《よじ》ってしまう。

「あ……んっ……ふ…あ……」

すごく、好きだ。

抱き締められて、実感する。

凜に会いたかった。こうしたかった。触れて、触れられて、声を聞いて、キスをして、それから……数え切れない。

好きだ。

好き。好きで好きで、たまらない。

せつないほどに気持ちが高まり、快楽の波に揺られて肉体もまた昂っていく。

「少しはいいか？」

「うん、すごく……」

少しどころではないと瑛人が正直に答えると、凜が再度それを口に含む。あたたかな粘膜に包み込まれ、瑛人はほどなく凜の口中に放ってしまった。

脱力する瑛人の肉と肉のあいだに指を差し入れ、凜はそこをゆったりと解《ほぐ》した。怖かったけれど、躰が馴《な》染《じ》んできているのがわかる。あまり怖がらなくていいのだと心より躰が先に理解しており、瑛人は意識せずに力を抜くことができた。

「挿《い》れるからな」

「ン」

瑛人の両脚を抱え込んだ凜の熱いものがそこに押しつけられ、瑛人は微かに息を呑む。すぐに緊張は消え、瑛人は息を吐き出した。苦しい姿勢を取るときには息を吐くほうが、躰から力が抜けていくのだ。

「ふう……んっ……」

「平気か?」

「うん……凜、あつい……」

「おまえの中もだ」

興奮の滲《にじ》む口調で凜が囁《ささや》き、腰を揺するようにして更に入ってくる。こんなに逞しいものを受け止められるか不安だったが、この肉体は凜をよく識っているはずだ。

だから、怖くはなかった。

「あ、あっ…入って……」

「やっぱり覚えてたんだな……」

どことなく嬉しそうに、凜が呟く。

「うん…」

苦しいはずの体勢だった。

本来ならば、そのためにあるわけではない器官だ。狭苦しい場所に挿入しなくてはいけないので、瑛人はベッドに膝をついた凜の腿に尻を乗せ、首と背中で体重を支えなくてはならなかった。

なのに、躰が軋《きし》む痛みよりも、昂奮が高まっていく。凜と一つになれる歓喜を、全身が訴えていた。

ぽたりと凜の汗が裸の腹に落ちていく。雫《しずく》となった汗が落ちる感覚さえも、瑛人の内側から快感を呼び覚まし、触れられなくとも性器は再び力を漲《みなぎ》らせている。

「ごめん、ひどくするかも」

凜が堪えている表情はとても色っぽかったが、彼に我慢をさせたいわけではない。

「……いいから……」

瑛人は短い言葉で許しを与えた。

「瑛人」

甘い声で名前を呼んだ凜が腰を動かし、瑛人の中を深々と穿《うが》つ。

「…あ、あっ…、まって、」

覚悟はできていたはずなのに、理性がついていかない。

「待てない」

止めてもらわなくては、このまま、溺れてしまいそうだ。

「だって、あっあ、そこ、壊れ……」

「壊さないよ」

嘘だ。

でも、どうしよう……気持ちがよくて、たまらない。こんなふうに無理やりに目いっぱい拡《ひろ》げられ、抉《えぐ》られているのに。

瑛人にも返すだけの熱情と愛情があるから、だからこんなに躰も心も熱くなり、感じてしまうのだ。

もう、何もかもがめちゃくちゃだ。

気持ちいい、ただ、それだけしかわからない。

「んっ…ん……破れる…っ…」

「平気だから」

肉と肉がぶつかるほどの激しい音。ベッドが軋《う》む音。二人の息遣い。さまざまな音が混じり合い、熟んだ空気が重く湿度をもって二人を包み込む。

その空気さえ、快感を高めていく。

「…り、凜……凜っ……」

もっと掻き混ぜて、凜のものにしてほしい。躰の奥深くまで凜のものだと主張していい。

その代わり、凜は瑛人のものだ。

「あっ！」

痛い。

胸が、痛い。

悲鳴を上げる躰よりも、胸がずっと痛い。

瞼《まぶた》の奥がぎゅっと痛み、つんとしたものが鼻を突く。

苦痛ではなく、悦《よろこ》びに胸が疼いている。

耐え難くなり、瑛人は白いシーツを掴んだ。

そのあいだもずっと抜き差しされて、指が震える。

「瑛人……いいか?」

「うん、もう……もう、」

穿たれた部分が熱くなりすぎて、溶《と》けてしまいそうだ。

「いきそうなのか?」

凛の教える言葉を口写しにし、瑛人は「いく」と舌足らずに訴える。

「俺もだ……」

凛の声がひどくいやらしくて、瑛人の心臓が押されるように痛む。もっとその声を聞きたいけれど、聞いていたら自分がおかしくなりそうだ。

「なら、いって……いって、凛……」

「それ、反則だ」

小さく呻《うめ》いた凛が体内でよりいっそう膨れ上がった。

彼は激しく腰を動かし、瑛人の上で汗を滴らせた。

「瑛人……瑛人……瑛人……っ」

「あ、あっ…んぅ、ん……は、あっ……凛……」

まともな言葉なんて、出てこない。ただ、何度も瑛人は凛の名前を呼ぶ。凛も同じように瑛人の名前を呼び、よすがを求めるように躰を押さえ込んだ。

「好き」

「瑛人……」

凛の声が震えるのは、喜びのせいだろうか。

「好き、凛……」

訴えた瑛人の中で、熱いものが弾けた。

「ん、んっ……ああ…ッ…!」

放出を終えたであろう凛が、力の抜けきった声で愛してると耳打ちする。

それを聞いた瑛人も一息に快楽の頂点へ駆け上がり、己を解放した。

ルームサービスの食事を終えてから瑛人がベッドで休んでいると、バスルームで風呂の用意をしていた凛が呼びかけた。

「瑛人、風呂、できたけど」

躰が重くてたまらなかったが、そろそろ風呂に入らないと寝てしまいそうだ。

広いバスルームはバスタブとシャワーブースが別になっており、バスタブには新しい湯が張ってある。シャワーブースからバスタブに移動していると床をびしょびしょにしかねず、瑛人は結局、バスタブに浸かることにした。

「躰、洗ってやろうか」

「凜が？」

「そうだ。疲れてるだろ」

「でも、風呂は嫌いじゃなかった？」

「おまえと二人なら、好きだよ」

そこまで委ねるのは抵抗があるけれど、今は凜の望むようにさせたい。これは自分がずっと彼を忘れていたことの罪滅ぼしのようなものだ。

それに、二人で話をすれば、否応なしに現実に直面しなくてはいけなくなる。

その前に、どろどろに溶け合うくらいに何度も抱き合っておきたかった。

「ほら、中に入って」

「……うん」

カランから湯を流す際にバブルバス用のジェルを落としたおかげで、広いバスタブに泡が立ち込める。

タオルを手にとって、凜は湯船に身を沈めた。はじめは頭や首、腕といったところを洗ってくれていたが、この格好では躰が洗えない。

「あとは自分でやります」

「遠慮するなよ」

「遠慮じゃなくって……」

頰を染める瑛人に顔を近づけ、凜が唇を軽く合わせる。動揺した瑛人が身動いだせいで凜はバランスを崩し、そのままバスタブに落ちてきた。

「ごめん！」

瑛人が慌てて謝罪をしたが、それでもとに戻るわけでもない。凜の上半身は裸だったが、デニムが水を吸って色が変わっていく。

「いいよ」

湯船に膝をついた凛が顔を近づけ、今度は正面から瑛人にくちづけてくる。もっと軽いキスになるかと思ったものの、すぐには終わらず、彼は舌を滑り込ませて瑛人の口腔を執拗に味わった。

「凛…」

背中をバスタブに押しつけられて、力強く唇を吸われる。絡めた舌がどんな動きをしているのか、頭の中で考えることもできない。

「して、いいか？」

「……うん」

本当は疲れていたけれど、この湯温でのぼせたのかもしれない。瑛人がおそるおそる頷くと、凛がデニムを水中で苦労して脱いだ。

「せっかく濃くしたのに、すぐもとに戻るんだな」

「何が？」

「これ」

呟いた凛が手を伸ばして瑛人の胸の突起を摘《つま》んだ。

「！」

まさか乳首のこととは思わず、瑛人は頬を赤らめる。

「なに？」

「痛いよ、それ……」

「まだ敏感なのか」

「そう、みたい」

瑛人が同意をすると、凛は「可愛いな」と笑った。瑛人を膝で立たせた凛はそのまま顔を近づけて、水面ぎりぎりのところで見え隠れする乳首に嚙みついてくる。

「ッ」

そのまま舌先でゆっくり転がされ、瑛人は息を吐いた。

「それ……なんか……」

「いいか？」

「……ン……」

凛の肉厚な舌で何度も転がされ、舐め回され、唇と唇のあいだに挟んで吸われる。

癖なのか、凜はしばしば瑛人の躰に噛み痕をつけた。今も首のつけ根や肩、二の腕とあちこちを舐め、時折噛みつく。

「挿《い》れていいか？」

「いちいち、聞かないでください…」

頬を染めた瑛人が恥ずかしさから俯《うつむ》くと、凜は「そうか」と笑った。

「こっち来て、自分でしてみろよ」

「え……」

「聞いてほしくないんだろ？」

そういう意味じゃないのに、凜は意地悪だ。

戸惑う瑛人の腰に手を添えて、凜が軽く引き寄せる。

「おいで」

促されるまま瑛人は向かい合わせて凜の両腿を跨《また》ぐ。それでもしばらく羞恥《しゅうち》で躊躇っていると、凜が自分のものに手を添えて瑛人を導いた。

躰の中に、湯と一緒に凜が入ってくる。

「は…っ……ああ…ん…」

敏感な場所を擦られて上体が反り、もがいた拍子に水滴が飛び散る。

体内はすぐに凜でいっぱいになった。凜の首にしがみつき、腰に両脚を絡める。これでは動けないけれど、ずっとこうして凜を感じていたかった。

涙で潤んだ目で凜を見つめて唇をねだると、彼が啄《ついば》むようなキスをしてきた。

「好きだ」

「うん……」

気持ちがよかった。

彼の行為の痕跡が、自分の肉体に残されていく。

何もかも忘れてしまったとしても、この躰は凜を識っている。触れ合いさえすれば、きっと、何度でも思い出すだろう。

「凜……凜……」

凜が少し身動《みじろ》ぎするだけで、全身が歓喜に震えるみたいだった。

「いい、凜……すごく…っ……」

ベッドで抱き合うのとまた違う感覚に躰が過敏になっているのか、瑛人はますます感じていた。

「俺もだ」

「…きもちいい……凜……」

長い彷徨《ほうこう》を経て一つになれた喜びを、全身が訴えていた。


いつの間に、ベッドに戻ってきたのだろう。

とろりとした眠りの狭間から目を覚ました瑛人は、凜の姿を探す。彼はベッドの脇の椅子に座り、瑛人の寝顔を見つめていた。

「ん」

「何か飲むか？」

「水……」

囁いた瑛人に、凜が「水だな」と呟いて身を屈《かが》めてくる。

口移しに与えられた水はぬるいが、とても甘い。

「もっと」

何度もキスとともに水を与えられているうちに、次第に目が覚めてきた。

「目、覚めたか？」

「うん」

再び傍《かたわ》らに腰を下ろした凜が、瑛人の濡れた髪を優しく撫でる。その指はまるで壊れ物を扱うように慎重に動いた。

「そろそろ、教えてくれてもいいだろ」

「何を？」

身を起こした瑛人が疑問を露《あらわ》にすると、凜は焦れったそうに顔を近づけてきた。

「俺のこと、どうやって思い出した？」

「どうやってって……方法なんてないです」

「ない？」

人間の脳は単純かつ複雑で、ときとして予想外のことが起きる。

「忘れたくないと願ったから、思い出せたんです」

凛は金色に光る目を瞠《みは》り、瑛人をじっと見つめてくる。

そこに真実があるのかどうか、見極めようとするように。

「お兄ちゃん」

瑛人の言葉に動揺したらしく、凛がミネラルウォーターのペットボトルを取り落としかける。

「そんなに驚くこと?」

「いや……だけど……」

照れているのか、あの凛が頬を赤らめていた。

かつて、自分は凛のことをこう呼んでいたはずだ。

改めて舌に乗せると、しっくりきた。

「昔、あなたをこう呼んでた。凛は覚えてない?」

言葉遣いも、このほうがずっと自然だ。

他人行儀に話すよりも、ずっと。

「覚えてるよ。忘れるわけがないだろ」

凛はそう言って、こほんと咳払いをした。

「けど、そう言われると、罪の意識が刺激されるな」

「悪いことをしてるって意味?」

「ああ。おまえは……義理でも弟だったわけだし」

「関係ないって言ったのは、凛だよ」

兄弟という意識は薄くなってしまったが、それでも彼を兄として慕っていたことはあるのだ。

それに今さらのように気後《きおく》れする点が、直情なところのある凛らしくておかしかった。

「そうだったな。でも、信じられないよ」

彼の言い分に、瑛人はくすりと笑った。

年上でいつも瑛人を守ってくれた凛が、子供っぽくて可愛く見えた。

「もちろん、全部じゃないよ。パズルみたいに、埋まってないピースはたくさんある」

瑛人は俯き、毛足の長い絨毯《じゅうたん》に視線を落とした。

「最初は、自分が何かものすごく大事なことを忘れてるってことくらいしか、わからなかった」

「それはいつもと一緒だろ」

凛は瑛人を食い入るように見つめている。

「それが、今回は違ったんだ。気持ちが焦るばかりで、じっとしていられなくなった。……あんなに好きだって言われたら、忘れられなくなるに決まってるよ」

それを耳にして、凜は顔を上げた。

軽井沢で凜と再会し、記憶を消されたあと。日常に戻ったはずなのに、瑛人はいつも以上に喪失感に苛《さいな》まれるようになった。

どうすれば失ったものを思い出せるのか。方法は自分一人では見つけられず、いっそ思い出さないほうが楽ではないかとすら思ったほどだ。

戸籍を調べて凜の存在に行き着いたが、そこから先が難しかった。名前だけではインターネットで検索をかけても、手がかりすら見つからない。

さまざまなカウンセラーに通い、自分の心の中にある鍵を壊すことに必死になった。

焼けつくような焦燥感の中、瑛人は自分の中にある記憶を掘り起こそうと必死だった。端からは、さぞ憐《あわ》れに見えただろう。

「――それなら、無駄じゃなかったんだな。今まで、俺がしたことは」

凜の声に、たとえようもない安堵が滲んでいる。

「うん」

瑛人は笑って凜の手に頬を擦り寄せた。

ずっと捜していた、自分のなくしてしまった大事なもの。

それが今傍らにあるという幸福に、瑛人の心は震えている。

「好きだよ、凜」

初めて、凜に好きと言えた。

誰かに恋を伝えるときの高揚感が押し寄せてくる。

恥ずかしいけれど、きちんと言いたかった。

「……そうか」

「好きです」

「最初から、おまえが俺を好きになってくれるまで待てばよかったのか」

「そうだよ。それが近道なのに」

瑛人の記憶は何度も上書きされたが、だからといって、すべてを忘れたわけではなかった。

たとえばオールディーズは苦手だと、かねてより凜が言っていたこと。瑛人の代わりに桜桃の木から落ちて怪我をしたこと。丸いおにぎりさえ上手く作れないこと。ビーフシチューが好物なこと。お揃いの茶碗、昔から四つある椅子、ヨーグルトプリン、いつも瑛人を大事にして、車道側を歩かせない癖……何もかも。

凜が豹になっても驚かないのは、当然だ。幼い頃から凜の変身を何度となく見ていたのだから。

家のことを人に話すなと言われたのは、両親が凜にまつわるさまざまなことを想定して備えていたのだろう。

瑛人が医学部を選んだのも、豹に変身する体質が露見するのを恐れ、凜を病院に連れていけなかった母の苦労を見ていたからだ。自分が凜のための医者になりたかった。当時は明確な理由がなく選んだ事柄も、突き詰めると納得ができた。

ひとつひとつの忘れられたピースが無意識の海に揺蕩《たゆた》い、瑛人が気づくのを待っていた。

凜の情報は自分でもわからないうちに瑛人の動作や思考に反映され、気づくまでもなく再び無意識の海に落ちていった。

そういった何げない齟齬《そご》を検証することで、凜と暮らした日々の存在を確信するに至ったのだ。

「凜はいつも僕を守ってくれた。離れる前も、あとも……それで怪我をして」

「よせよ」

凜は照れくさそうに笑う。

「それなら、家は手放したのか？」

「そうだよ。売れてよかった」

瑛人が屈託なく告げたので、逆に凜は不思議そうな顔になる。

「何で」

「モモもいないし、凜と一緒にいたいから」

「家を売って？」

「あの家はあなたの仲間に見張られていると思ったたし、この先のことを考えるとお金も必要だから、新しいうちに売っちゃおうと思って」

思い切りのよい瑛人の言葉に、凜が表情を曇らせる。

「……だからといって、今後、おまえが俺と一緒に暮らせるとは思えない」

「どうして？」

「どうしてって」

凜が言葉に詰まる。

「――俺は、普通じゃない。おまえに迷惑がかかる」

「わかってるよ、それくらい」

瑛人は小さく笑った。

「僕と一緒にいたいから、いつも会いに来てくれたんでしょう？」

「そうだ」

でも、いざ一緒にいられるとなると、凜はどうすればいいのかわからないようだ。

凜はいつも、瑛人を前にしてすべてを諦めてきたのだ。

両親が殺したのは、瑛人の中にいる凜という存在だった。

忘却は、その人の中から誰かの存在を消し去ることだ。その人生の足跡を消し去るのは、確かに殺人にも等しいだろう。

凜という存在が、瑛人の中から消えてなくなってしまったのだから。

それで思い出してもらえないのだから、存在の全否定に等しいはずだ。

なのに、出会うたびに凜は自分を愛し、慈しみ、守ってくれた。真っ直ぐな感情を、惜しみなく注いでくれた。

だから、もう一度最初からやり直したい。

二人で生きるために。

「凜と一緒にいたい。今度は僕が、あなたを攫《さら》う番だ」

そのために、瑛人は大学をやめた。家を売った代金は貯金し、今はアルバイトで生活費を稼いでいる。日本で暮らすのは難しくても、物価の安い国でならば、そこに根づくまでのあいだ生活していける程度の資力が欲しかったからだ。

「それは嬉しい。嬉しいよ、瑛人」

嬉しさと気まずさが半々という声に、瑛人は眉を顰める。ここから蜜月が始まるとばかり思っていたけれど、違うのだろうか。

「あの村から……いや、キリエから離れたら、俺はきっと俺じゃなくなる」

重苦しい言葉に、瑛人は首を捻った。

「どうして?」

「俺は、自分の変身を完全にコントロールできるわけじゃない。前にもそういうことがあっただろ。普段は薬で抑えているが、あれは血族用の特殊なものだ。血族を離れたら、もう手に入らない」

凜は俯き、悔しげに目を伏せる。

「それに、俺の状態が安定しないと、周りに迷惑をかける」

「かけたっていい」

それが瑛人の本心だった。

「一緒にいたい。凜が人間だって豹だって、どっちでもかまわない」

いつも、凜は自分を守ってくれた。

軽井沢のときも、逃げ出した瑛人を庇ってくれた。

それは獣になったとしても、凜としての意識があるからに違いない。

「誰かに見つからないような、僻地《へきち》に住めばいい。僕はあなたがいれば、ほかにはなにもいらない」

「瑛人……だけど」

凜が戸惑っているのが、わかる。

でも、止められない。

自分でもわからないくらいに、心が熱かった。

「試してみたいんだ」

「――おまえ、それでもいいのか? キリエから逃げられると思うか?」

凜の問いかけに、瑛人は首を振る。

断片的な記憶にあるだけでも、キリエの執着は相当なものだった。

「逃げられるとは思わない」

「なら……」

「だから、話し合えばいい」

「え」

瑛人の提案に、意外な言葉を聞いたとばかりに、凛は目を見開いた。

「待てよ、話し合うって……」

いつも強気な彼が尻込みしているのが、手に取るようにわかった。

「だって、あなたの言う血族の村に殴り込みをかけるわけにもいかないでしょう？　二人しかいないし」

瑛人の態度は落ち着いていたが、それがよけいに凛を慌てさせた。

「当然だ。おまえを村に連れていくわけにはいかない」

「それなら、ここにキリエさんを呼んで、話をしたい」

「ここに？」

「追われるのは嫌でしょう？　僕だって、そんな急き立てられるみたいな生活は嫌だ。だったら、一度くらい話し合ってもいいと思う」

キリエこそが、血族を支配しているというのは、瑛人にも推測できていた。

選択肢は三つ。

瑛人が凛を手に入れるためには、何も言わずに逃げるか、キリエを説得するか、あるいは実力行使に出るか。

最後の手段は瑛人には無理だ。自分たちの幸福のために誰かを傷つけてしまえば、絶対に幸せにはなれないと思う。

それならば、一番目か二番目の案になる。瑛人は凛と一緒にいられれば逃げ続ける生活も辞さないが、それでは不安だと凛は言っている。そこには、今なお逃げているらしい両親も一因になっているのかもしれない。いずれにしても、凛が話し合いを望むのであれば、そのほうがいい。

「どう思う？」

瑛人の答えを聞いて、凛はふうっと息を吐き出した。

「おまえ、そんなに大胆だったか？」

「記憶を消されたり……そういうの、もう嫌なんだ」

自分の人生を他人に操作されるのは、御免だった。

瑛人の人生は瑛人のものだ。誰の好きにもさせるものか。

「キリエさんの連絡先は知ってる？」

「ああ。そろそろ海外から戻る頃だろう」

「じゃあ、連絡してください」

瑛人が勢い込んで言うと、凛は目を閉じてしばらく考え込んでから、真顔で正面から瑛人を見据《みす》えた。

「――いいのか？」

「何が」

「また、引き離されるかもしれない」

その不安は、瑛人も感じている。

だけど、それ以外に何ができるだろうか。

「今度は僕が追いかける番だ。何かあったらまた凛を捜す。いざとなったら、血族の存在をばらすことだってできるし」

「馬鹿。そんな真似したら、殺されるぞ。俺もそうだが奴ら獣になれば証拠を残さずに人を殺せるんだ」

この期《ご》に及んで凛が弱気なのが、瑛人には不満だった。

「あなたを捜しているあいだ、ずっと気が狂いそうだった。死んだほうがいいかもしれないって何度も思った。また引き離されるくらいなら、凛が僕を殺してください」

本当に大切なことを思い出せない、焦燥感。それに苦しみ、悩んできた。あんな思いをもう一度繰り返すくらいならば、死んだほうがましだった。

思い出してもらえない凛と同じくらいに、瑛人もまたつらかった。苦しい思いをしたのだ。

「それにおまえ、思い出したのか？」

「何を？」

「キリエがおまえに与えたキーワードだ」

覚えのない情報だった。だが、これ以上猶予はない。

「……わかったよ」

考え込んだ末に、凜が同意する。

「とにかく話してみよう。おまえがそう言うなら、覚悟を決める。俺がおまえを守る」

凜はきっぱりと言い切った。

「うん」

「今度は最後まで一緒だ」

凜が身を屈めて、瑛人の唇に触れてくる。

甘いくちづけに、躰の奥がじわりと痺れた。


約束の時間は十八時。

落ち着いて話をするため、ホテルの部屋はツインからスイートに変更した。瑛人はお金の心配をしたが、凜はそれくらい問題ないと笑っていた。

広々とした部屋はリビングとベッドルームに別れ、リビングにはスタイリッシュなソファが置いてある。

顔を洗って着替えた瑛人は、そこに置かれていた海外の雑誌をぱらぱらと捲《めく》っていた。

約束のきっかり五分前にドアがノックされる。

――来た。

緊張から深呼吸をする瑛人をよそに、戸口に向かった凜がノブに手をかける。

「久しぶりですね」

遠くからもよく通るキリエの硬質な発音が、鼓膜をくすぐる。

「このあいだも会っただろ」

その会話だけを聞いていると、二人は気の置けない友人同士のようだ。

白いコートを身につけたキリエがリビングに足を踏み入れ、澄んだ蒼い瞳が瑛人を捉える。

「こんばんは、キリエさん」

「…………」

瑛人の顔を見たキリエの顔を、微かな驚きの色が過《よ》ぎった。いつも先を走っていたキリエに先手を打てたと判断し、瑛人は嬉しくなる。

やはり、この事態は彼の想像を超えているのだ。

もしかしたら、瑛人がキーワードを覚えていなかったとしても、交渉次第では上手くいくかもしれない。

「会いたいというのは、こういうことだったのですね」

コートを脱ぎ、キリエはそれをごく自然に凛に預ける。

許しも得ずにソファに腰を下ろしたキリエは、長い脚を組み、向かいに並んで座る二人を見やった。

「そうだ」

「彼はあなたを思い出したのですか？」

「ああ。おまえが瑛人に暗示をかけても、もう無駄だ」

凛が力強く断言するが、キリエはそれをまるで微風のように他愛ないものとして笑って受け止めた。

「そうでしたか。ヒトはずいぶん興味深い」

まるで自分はそうではないかのような言いぐさだ。

「では、アキト。あなたは私の言葉を思い出しましたか？」

「……いいえ」

「ならば、話は終わりです。どうして私を呼んだのですか？」

一度は揺らぎを見せたものの、既にキリエの態度は普段のものに戻っていた。

「それは…」

凛が切り出しかけたのを、「あの」と瑛人は強引に遮った。

「僕は凛と一緒に生きていきたいんです。凛を僕にください」

身を乗り出してそう言うと、キリエが不愉快そうに眉を顰めた。

直裁《ちょくさい》な願いに、瑛人の隣に座っていた凛がぎょっとした顔になる。

「おい、瑛人。おまえ、いきなりそれか？」

挨拶《あいさつ》や世間話は必要ないのだから、すぐに本題に入っても問題はないはずだ。

「だってそれ以外の用事はないでしょう？」

瑛人が言い切ると、凜は口を噤《つぐ》む。

「凜を僕にください、キリエさん」

水を向けられたキリエの表情は、涼しいものだった。

「凜はものではありません。問題になるのは凜の意思です」

さらりとした答えに、凜が信じ難いことを聞いたとでも言いたげな表情になる。

「とはいっても、凜は私が作る薬がなければヒトとしての形状を保てないときがあります。血族から離れれば、必然的に安定剤の供給が絶たれます」

やわらかな言葉で紡《つむ》がれた恫喝《どうかつ》は、堂に入っている。

「あなたがキーワードを思い出せば、凜を見逃し、定期的に安定剤を供給するつもりでした」

だが、今となってはそのつもりはないと、キリエは言外に脅してきた。

「どこかに隠れて住みます。変身しても誰かに迷惑をかけないようなところに」

瑛人は言い切ったが、キリエは優雅に首を振る。

「甘いですね。凜が獣の心しか持てなくなったらどうするんです？」

「え？」

虚を突かれ、瑛人は返す言葉に詰まった。

「ヒトも血族も、そのかたちに引きずられる生き物です。獣の時間が長くなれば、凜は心まで獣になるかもしれない。さすがに、そこまでの研究データはありませんが……」

自分の言葉の効果を確かめるように、キリエは真っ直ぐに瑛人を見据えた。

「それでもいいんですか？」

「かまいません。どんな姿だって、凜は凜です。獣のときも、僕を守ってくれた」

大切なのは、そばにいることだ。

一秒先のことでさえも不確かなこの人生で、離れて暮らすことは地獄にも等しい。

どんな凜でも、凜自身だ。

瑛人は彼を愛している。

なのに、軽井沢《かるいざわ》で瑛人にはそう言えなかった。

そのために凜を傷つけてしまったからこそ、キリエと戦い、凜の信頼を取り戻したかった。

自分の弱さを、今こそ償いたい。

「あなたは凜の価値がわかっていない」

ものわかりの悪い生徒に言い聞かせるように、キリエは根気よく説明を始めた。

「凜は我々の種族においても、貴重な存在です。強靭《きょうじん》な肉体と再生力。変身というメカニズムを置いておいても、ヒトにとって彼の治癒力は魅力的です。たとえば、凜を研究することで難病に苦しむ人々を救えるかもしれない。あなたも医学部に籍を置いたことがあるのですから、それがどのような意味を持つか理解できるはずです」

滔々《とうとう》と畳みかけるような弁舌だったが、それに聞き惚れて納得できるほど、瑛人はものわかりよくなれなかった。

「でも、僕にとっても凜は世界に一人しかいないんです」

キリエが凜を必要とする理由と、瑛人が凜を必要とする理由は根本的に違っており、決して相容《あいい》れない。

互いに凜をかけがえのない存在と認めていながら、二人の望みはまるで違うものだった。

キリエは一つため息をつき、値踏みするように瑛人と凜を交互に比べた。

もしここで理解し合えなければ、キリエは敵だ。力尽くであっても、凜を奪わなくてはいけない。

「——わかりました」

一呼吸置いたあとに、キリエがそう口にする。

瑛人の言い分を理解してもらえたのかと、ほっと安堵した。

「じゃあ…」

「説得が無駄だとわかっただけです」

「どういう意味ですか?」

「あなたには死んでいただきます」

「え」

耳を疑う瑛人をよそに、キリエが素早くジャケットの胸元に手を差し込む。

「！」

即座に瑛人も自分のポケットの中に忍ばせていたアーミーナイフを取り出した。

キリエの武器は、拳銃だった。

早い。

瑛人に銃口を向け、キリエが手早く安全装置を外す。ひとつひとつの動作に無駄がなく、一瞬たりとも姿勢は揺るがない。

「ッ」

キリエは訓練された兵士のような正確さで、瑛人の眉間《みけん》をひたりと狙っていた。隙だらけの瑛人の動作とは、まったく違う。

「お別れです、アキト」

瑛人が説得のために口を開こうとした瞬間、黒いものが目の前に跳んできた。がしゃんと音を立てて、テーブルの上の一輪挿しが倒れた。

「凜！」

一瞬にして凜が変身を遂げ、テーブルに向けて跳躍したのだ。身を低くし、卓上で唸り声を上げた凜がキリエを威嚇《いかく》する。

しなやかな黒い毛皮で覆われた全身には緊張が漲《みなぎ》り、今にもキリエに飛びかからんばかりだ。

対するキリエは表情を変えることもなく、その凍えるように蒼い瞳で凜を凝視していた。

「キリエさん」

声を出せばこの均衡が崩れる。そう思ったが、話さなければ何も始まらない。

「僕は死んでもかまいません」

信じられないことを聞いたとでも言いたげな様子で、キリエがわずかに眉根を寄せた。

「死んでもいいんです」

「結構です。ならば殺してあげますよ」

つゆほども感情を込めずに、キリエが告げた。

「凜、どきなさい」

抗うように、凜が小さく唸る。

そのまま彼は、瑛人の楯になるように立ちはだかった。

「いいよ、凜。そこをどいて」

キリエにはきっと、瑛人の思いはわからない。

いいや、キリエだけではない。凜にも瑛人の心を理解できないだろう。

理不尽に記憶を奪われた者でなければ、誰にもわからないはずだ。

キリエが憎くないといえば、嘘になる。

キリエの手で、瑛人は何度も過去の自分を殺されてきた。己の拠《よりどころ》を奪われてきた。

そのうえキリエは、瑛人の記憶の蓋《ふた》をより強固なものにするために、凜を銃で撃ったり、ナイフで頸動《けいどう》脈《みゃく》を切ったりと、彼を何度もいたぶった。

目の前で、愛する人を瀕死《ひんし》の状態に追い込まれるのだ。

少なくとも瑛人は二度、凜が死んだと誤解した。当時は、凜の異常な治癒能力を知らなかったからだ。

衝撃的な体験のせいで、瑛人は凜と別れるたびにトラウマに苦しめられた。必然的に、凜との記憶は忘れなくてはいけないものになった。

瑛人がそのピースを無理に取り戻そうとすると、無意識のうちに心が悲鳴を上げ、恐怖はあの異常な頭痛にかたちを変えて現れた。

きっと、凜に出会わなければこんな思いをしなくて済んだだろう。凜自身の躰を痛めつけることもなかったに違いない。

瑛人が原因で、凜の心身に傷つけずにすんだに違いない。

それでもキリエなりに凜や血族を守ってきたはずだと信じているから、彼を許しているのだ。

今回だって、本当は迷っていた。

また、同じことを繰り返すかもしれない。

凜のことを思い出したものの、知らないふりをして生きていったほうが、遙《はる》かに安穏として平和な日々を送れたはずだ。

けれども、凜を求めずにはいられなかった。

忘れたほうが楽だと思うのに、心も躰も勝手に本能で飢渇する。

どこが好きか、何が好きかなんて、そんなのは些細《ささい》なことだ。

凜だからいい。凜だから好きだ。

たった一人の愛する人を求めて、いても立ってもいられなくなる。

「何度も好きな人の記憶を消されて一人で生きていく……そんなの、苦しすぎる。僕には死ぬのと同じだ」

「忘れてしまえば、なくしたことも自覚しないですみますよ」

キリエの主張は強固で、二人は平行線だった。

「まさか！　いくら何でも、命と同じくらいに大事な存在の記憶を消されたら、どこかで気づきます。そんなに大切なものを奪っておいて、勝手に生きていけというのは残酷です」

「大切なものなどなくとも、ヒトは生きていける。そうできないのは、あなたが弱いからです」

「違う！」

弱さではない。

本当の強さは、大事なものを守り抜くことにある。

失うものがない強さなど、意味がなかった。

キリエはきっと、そんな単純な事実を知らないのだ。

「埒《らち》が明きませんね」

少しばかり、キリエの口調にも苛立ちが滲む。

「どきなさい、凜。あなたを撃ったあとに、アキトを撃ちますよ」

凜は喉奥で唸り、口を開いて相手を威圧しようとする。

「あなたが凜を撃てば、僕も凜を刺します」

「どうぞ、ご自由に」

決意を込めた瑛人の言葉でさえ、キリエはまったく取り合わなかった。

「ナイフで切り刻んだくらいでは、凜は死にません。

試してみればいい」

「それは普通に刺されたら、でしょう？　このナイフには毒が塗ってあります。凜だって、撃たれた上に毒に襲われたら一たまりもないはずです」

「毒？」

真偽を見極めようとでも言いたげなキリエの鋭い視線が、瑛人の顔を撫でる。

「あなたが僕を攻撃すれば、凜は傷を治すことより応戦することを選ぶでしょう。そうすれば、凜の治癒能力も間に合わないのではないですか？」

「いくら凜でも死ぬ、と？」

「はい」

キリエが美しい目を眇《すが》めた。

ここで畳みかけるほかない。

「キリエさん、僕は本気です。凜が死んでもいいんですか？」

もう一度、瑛人はだめ押しをする。

キリエは小さく息をつくと、何ごともなかったように拳銃を下ろした。一拍置いて凜が躰の力を抜き、軽やかにテーブルから飛び下りる。

ほっとした瑛人はナイフをテーブルの上に置く。

戦意はないという、意思表示のつもりだった。

拳銃を胸ポケットに戻したキリエは立ち上がり、大きな窓に近寄った。

高層ホテルの上層階ゆえに、足許には街の灯が星々のように煌めく。

「――神の恩寵《おんちょう》はすべての者に平等です。それは私や凜とて例外ではない」

これまでの命のやりとりが嘘のように、静かな声だった。

その言葉を耳にした刹那《せつな》、何かが頭の中で響いた。

「凜は獣になる代わりに、強靱な肉体を得ました。しかし、獣として生きれば、当然、ヒトが得られるはずのものは得られない」

胸が痛い。

それはキリエが今口にしている言葉ではなく、もっと別のものに呼応する痛みだった。

何だろう。

自分の中にあるものが、ちくちく刺激されているようだ。

もう少しで、あとほんの少しで手が届く。

瑛人は軽く右のこめかみを押さえ、目を閉じる。

「それは、霊長類としての寿命です。獣には獣の寿命がある。それはヒトと同じであるはずがない」

キリエが示唆していることの意味はわかるが、すべての音が素通りしていく。

「薬で変身を抑えることには、ヒトとしての形状を安定させ、寿命を延ばす意義もあるのです。これは研究段階であり、結論はまだ出ていませんが」

「それでも、俺は瑛人と生きていきたい」

いつの間に着替えてきたのか、ヒトに戻った凜が戸口に寄りかかって二人を見つめていた。

「見逃せって言ってるんだ、キリエ」

「凜」

「おまえに俺たちの感情がまったく理解できないのは、わかってる。でも、気持ちは理屈じゃない」

凜の口調は厳しいが、どこかで優しさも感じられた。

キリエに対する嫌悪だけでなく、感情の機微を理解できない彼への同情も混じっているような。

「どういう意味ですか？」

「明日死ぬとわかっていても、好きな相手のそばにいたい」

凜は真剣そのものの顔つきだった。

「不可解です」

面白がっているのか、キリエの声には何の感情も込められていない。

「だろうな。おまえだって、こんなところで死にたくないだろう？」

「どういうことです？」

「ここで獣になった俺がおまえを殺したところで罪悪感なんて欠片《かけら》もない」

凜は低く笑った。

「おまえが不審な死に方をすれば、警察はいずれあの村に行き着く。それはそれで、おまえには不本意だろう？」

不敵な凛の言葉を聞いて、キリエの唇が甘い笑みを象《かたど》る。

「あなたに殺されるのはいいですね。夢のようだ」

「悪趣味だな、おまえ」

苦笑しつつも凛は体勢を立て直し、キリエを正面から睨む。

「それとも、本気でここで死にたいか？」

空気がひやりとした緊張感を帯びる。

「…………」

その緊迫した空気の中、瑛人はまったく別のことを考えていた。

先ほどのやりとりを、頭の中で何度も繰り返す。覚えている。キリエの声、言葉、あの会話を。

「……主よ」

瑛人は無意識に呟く。

それを聞き咎《き　とが》めたのか、凛の注意が瑛人に向かった。

「どうした？」

「主よ、憐《あわ》れみたまえ」

そうだ、これだ。この言葉だ。

「主よ憐れみたまえ……」

「瑛人？」

いきなり何を言いだすのかと、凛が心配そうな目で瑛人を見つめている。

だが、キリエは違った。

彼はふっと息を吐き出し、そして自分の長い髪を掻き上げる。

「——Ｋｙｒｉｅ ｅｌｅｉｓｏｎ……よく思い出しましたね」

美しい発音で、キリエがその二つの単語を告げる。

「まさか、それがキーワードか？」

「そう……」

記憶を消された夜の記憶が、まざまざと甦ってくる。

あのとき教えられたのは、キーワードだけではなかった。

同時に、子供心に恐ろしい言葉も告げられたのだ。

あれもまた、一つの鍵だ。

キリエの言葉に呪縛され、瑛人の記憶は閉ざされてきた。

「思い出してくれたんだな、瑛人！」

「うん……」

よかった、と呟いた凛が瑛人に近づき、薄い肩を抱き寄せる。力強い腕に抱き留められ、瑛人は凛の肩越しにキリエを見つめた。

キリエはゆっくりと瞬《まばた》きをしてから、静かな声で尋ねた。

「これから、どうするつもりですか」

「日本を離れる」

答えたのは、凛だった。

キリエの温度のない視線が、今度は凛に向けられる。

「俺たちの逃亡を見逃してくれたら、おまえの研究にも協力する」

「何ですって？」

予想外のことを言われたとでもいう様子で、キリエが凛の真意を確認する。

「おまえがあの村のためだけに働いてたわけがないのは、わかってる。あちこちに顔が利くんだろ」

「…………」

「年に一度くらいは、どこへなりと呼びつけてもかまわない。そのときに好きなだけデータを取ればいいだろ。望みどおり、俺の屍体《したい》はおまえにくれてやるよ」

屍体というぞっとしない言葉には、凛の本気が込められている。

「仕方ないですね。約束は約束です」

「いいのか？」

キリエの真意を確かめるように、凛が目を凝《こ》らす。

「私とて、約束は守りますよ。それに、まだあなたには死なれたくありません。たまにメンテナンスに来ると約束するのなら、しばらくの休暇をあげましょう」

ほっとした素振りで、凛が緊張を緩める。

「でも、そのあいだ私はあなたを守れない」

凛は人の世に存在しないとされる、珍しい獣だ。それが血族以外の誰かに知られたとしても、誰も凛を守れない――瑛人以外には。

躰が引き締まる言葉だった。

「僕が凛を守ります。何があっても、絶対に」

「……やっと釣り合いましたね」

凛の思いのほうが強く重かったあのときとは、違う。そういう意味だろうか。

独り言のようにキリエが呟き、腕時計で時刻を確かめた。

「今日のところは退散しましょう」

「有り難い」

凛は心底そう思っているようだった。

「せっかくですし、お二人の幸せを祈りますか？」

「やめてくれよ。おまえに祈られたら、逆に不幸になりそうだ」

凛は軽口を叩き、やっと表情を緩めた。

「コートを取ってきてもらえませんか」

「待ってろ」

凛が姿を消したので、室内を顧みたキリエと二人きりになる。彼は音もなく瑛人に近寄り、その耳許で
「覚えていますね？」と尋ねた。

「……はい」

あのときキーワードとともに何を言われたのか、瑛人ははっきりと思い出していた。

「でも、凛と生きていきます」

「いいでしょう」

すっと瑛人から身を離し、キリエが玄関へ向かう。

「キリエ、コートだ」

「ありがとうございます」

「俺のことなんて忘れろよ」

ドアのところで凛が呼びかける声が、瑛人の耳にも届く。

「そうですね。あれほど焦がれていたあなたを手放すのならば、忘れてしまうのもいいのかもしれません」

キリエの静かな声が、微かに瑛人の耳にも届く。

蒼白い顔をしたキリエは何ごともなかったようにドアを開け、「では、ご機嫌よう」と言って廊下へ出ていく。

鼓膜の奥底から手繰り寄せたあの日の記憶に胸騒ぎを覚えたものの、瑛人の決意は揺らがなかった。

生涯にただ一度の恋に出会ってしまったのだ。

この世界が終わる瞬間まで一緒にいたいと願う相手がそばにいるのだ。

それを手放せるわけがない。

忘れたくないもの。絶対に失いたくないもの。なくしてしまいたくないものが、そんなものがおそらくキリエにはないのだろう。

ややあって、凛がリビングルームに戻ってきた。

キリエの気が変わって、ここに戻ってこないことを祈るほかない。

だが、瑛人は今回は彼のことを信じていた。

凛はソファに腰を下ろすと、脚を組んで座り込む。

頬杖をついて考え込んだのちに凛が穏やかな面持ちで口を開いた。

「主よ、憐れみたまえ……か。Ｋｙｒｉｅ ｅｌｅｉｓｏｎって、あいつの名前だよ」

「キリエの？」

「偽名だろうけどな。性悪には似合わないよな」

まるで独り言のように、凛は続ける。

「あいつが何を考えてるのか、俺にもよくわからないよ」

それを聞いて、瑛人は小さく笑った。

凛はキリエの気持ちを知っているようで、まるで理解していない。

瑛人にはわかる。

凛のように美しい獣がいたら、畏怖するか、崇拝するかのどちらかだ。無視するなんて、きっとできない。

キリエが凛に執着するのは崇拝で、愛着で……そして恋着ではないのか。

もっとも、キリエはそれを絶対に認めないだろうけそれども。

それに、このことは凜に言うつもりはなかった。

そんなことを口にして、凜がキリエに同情するのは嫌だ。自分は思ったよりも嫉妬深いようだ、と瑛人は心中で分析をして微苦笑を浮かべる。

そんな瑛人に、突然、凜が手を伸ばした。

「もう、おまえを探さなくていいんだな」

瑛人の躰を抱き締め、凜が呟く。

「凜……？」

「……そうだよ」

「愛してる」

てらいなく言い切った凜の顔を見上げ、瑛人も真面目な顔で口を開いた。

「僕も、愛してます」

瑛人を抱く凜の手に、ぐっと力が込もる。

もう、どんなピースもなくさないでいい。

お互いの存在を求めて、さすらう必要はない。

孤独な夜はもう終わった。

ここから先は、二人で暮らす新しい日々が始まるのだ。

春の光が空港に満ちている。

日本語に続いて英語での搭乗案内のアナウンスが流れる中、瑛人《あきと》は凛《りん》の姿を探していた。

機内での退屈凌《たいくつしの》ぎに何か買おうとブックスタンドに立ち寄っていたため、凛と別れて行動していたのだ。

二軒目の免税店で、凛は見つかった。

意外なことに、彼が眺めていたのは化粧品売り場だった。

「凛」

「あ、瑛人」

「何見てたの？」

「これだよ。覚えてるか？」

凛が手にしたのは、ガラスケースの中に飾られた小鳥を象《かたど》ったボトルだった。

「香水？」

「特別な用事があるとき、母さんは必ずこれをつけてたんだ」

「……ごめん、思い出せない」

あいにく、瑛人はそのことは覚えていない。

両親と暮らした日々は、今やぼんやりと薄らいでいて幻のようだ。

凛との記憶を手に入れるのと引き替えに、瑛人はほかのものを差し出してしまったのかもしれない。

何もかもが、ミルクのような色合いの霧に沈んでいる。

だけど、それでいい。たった一つの確かな存在を手に入れた今は、贅沢《ぜいたく》は言わない。

「そうか」

それ以上の感想はないらしく、凛はボトルをもとに戻す。

「そろそろ、搭乗しないと」

「そうだな」

最初の行き先は南の島に決めていた。凛が外国の綺麗な海を見たいと言ったからだ。

どうやって生きていくか、何をして暮らしていくかは、これから二人で決めればいい。

二人でいられるのなら、そこが至上の楽園となる。

どこであろうとも、幸福で満たされるのは間違いなかった。

凛の背中を追いかけながら、瑛人はキリエがかつて告げた言葉を胸中で繰り返していた。

——祈りなさい、神に。

あの夜、記憶を消すために診察台に寝かせた幼い瑛人に対し、キリエはそう言った。

——もしこの先、あなたが自力で凛を思い出すことがあれば、きっともう二度と忘れられないでしょう。でも、それは凛が死んだときも、彼との記憶を決して過去にできないことを意味します。消せない記憶は、あなたの心を壊してしまうかもしれません。

——だから、死ぬときはあなたが先に死になさい。

「…………」

瑛人は小さく息をつく。

人の心は、機械とは違う。

忘却という神の恩寵のおかげで、つらい記憶は少しずつ風化し、薄らいでいく。どんなに苦しい記憶も、いつかは過去として処理され、人はそれを乗り越えられる。だが、その記憶が永遠になまなましいままであれば、その人はいつまでも過去に苛《さいな》まれ続《つづ》ける。決して軽くならない過去の重みに耐えかね、壊れてしまうかもしれない。

忘れられないくらいなら、死んだほうがいいだろうとキリエは言う。

キリエは瑛人を心配してくれたのだろうか？

だけど、キリエはやっぱり肝心なところを理解していない。瑛人はそう思った。

瑛人にとっては凛を忘れるとか忘れないとか、その程度の問題ではないのだから。

凛がいなくなったら、瑛人もまた生きてはいけない。

一生にただ一人の存在を求めるというのは、そういうことだ。

誰が何と言おうと、凛とは死ぬまで一緒にいる。凛がいなくなったあとのことなんて、考えたりしない。

愛する人がいなくなれば生きていけない。

この人のいない夜など、一日たりとも過ごせない。

だから、失ったあとのことなど考える必要はないのだ。

それはおそらく、凜も同じだろう。

穴が空くほど彼の背中を見つめていたのに気づいたのか、立ち止まった凜が振り向いた。

「悪い。歩くの、速かったか？」

「……ううん」

彼の顔を見た途端に、熱い思いが心の奥底から奔流のように込み上げてくる。

「凜」

凜に追いついた瑛人は、彼の胸元にそっと寄り添う。

「ずっとそばにいてくれる？」

「当たり前だろ」

凜が愛おしげに微笑み、瑛人の腰を摑んで引き寄せた。

「この世界が終わっても、おまえを絶対に離さない」

力強い言葉が、心まで震わせる。

「僕も、離れない」

ともにいられる時間が、瞬《まばた》きをするほどの儚《はかな》いものでもいい。

その記憶がガラスのように鋭く、心を引き裂くものに変わってもかまわない。

やっと手に入れた大切なひとを、もう一生忘れたりしない。

ふたりにとって今こそが、永遠にも等しい幸福な蜜月だった。

POSTSCRIPT

KATSURA IZUMI

こんにちは、和泉です。

このたびは『君のいない夜』をお手にとってくださり、ありがとうございました。SHYノベルスさんからは久しぶりに本を出していただくので、大変緊張しております。

どうしても忘れられない愛を描きたいと、真っ正面から恋愛を描いた作品を目指しました。これまでも記憶を絡めた小説を書く機会はあったのですが、たいていが事件ものに近くなっていました。そのため、恋愛をメインにして……というのは初めてです。こういうタイプの話に挑戦できるのが楽しくて、とても力を入れて書きました。

つたない作品ではありますが、ありったけの情熱を込めています。至らない点も多いとは思いますが、難しいことを抜きに二人の物語を少しでも楽しんでいただければ幸せです。

今回、執筆が難航して発売延期にしてしまったり、多くの方にご

K`s Cafe URL　http://www.k-izumi.jp/
K`s Cafe：和泉 桂公式サイト

迷惑をおかけしてしまいました。特に関係者の皆様には、何度お詫びをしてもし足りないくらいです。

本作の挿絵を引き受けてくださった雨澄ノカ様、どうもありがとうございました。単行本でのお仕事をご一緒するのは初めてだったのに、大変ご迷惑をおかけしてしまい申し訳ありませんでした。カラーもモノクロも繊細で美しいイラストの数々、大変幸せな気持ちで拝見いたしました。このような機会をいただけてとても嬉しかったです。

本作品ができあがるまで辛抱強くおつきあいくださった担当さん及び編集部の皆様にも、心より御礼申し上げます。執筆中は高すぎる壁にぶつかるばかりで何度もくじけそうになりましたが、担当さんの明るさにはいつもいつも励まされました。

そしてもちろん、本作をお手にとってくださった読者の皆様にも感謝の気持ちを捧げます。

SHY NOVELS

本作はいつも以上に難産でしたが、書き上げてみるとやっぱり自分は小説を書くのがとても好きなんだとしみじみと実感しました。思い返してみると、長期の修羅場さえもとても楽しかったです。

これからも一作でも多く小説を書くことができたら、これに勝る喜びはありません。

ここまで読んでくださって、どうもありがとうございました。

どうかまたお目にかかれますように。

和泉　桂

君のいない夜

SHY NOVELS283

和泉 桂 著

KATSURA IZUMI

ファンレターの宛先
〒101-0065 東京都千代田区西神田3-3-9大洋ビル3F
(株)大洋図書 SHY NOVELS編集部
「和泉 桂先生」「雨澄ノカ先生」係
皆様のお便りをお待ちしております。

初版第一刷2012年4月13日

発行者	山田章博
発行所	株式会社大洋図書
	〒101-0065 東京都千代田区西神田3-3-9大洋ビル
	電話03-3263-2424(代表)
	〒101-0065 東京都千代田区西神田3-3-9大洋ビル3F
	電話03-3556-1352(編集)
イラスト	雨澄ノカ
デザイン	Plumage Design Office
カラー印刷	小宮山印刷株式会社
本文印刷	株式会社暁印刷
製本	株式会社暁印刷

ISBN978-4-8130-1251-1

SHY NOVELS
好評発売中

和泉桂

平安の華麗なる
婚礼綺譚集

姫君の輿入れ

画・佐々成美

私のためだけに散ればいい——

今を時めく左大臣の一の姫にして、帝に入内を心待ちにされている姫・狭霧には、誰にも知られてはいけない秘密があった。それは、実は男子であるということ…　狭霧はとある事情により、男でありながら生まれたときから姫として育てられていたのだ。そんなある日、光源氏とも称される遊び人であり、父の政敵でもある宰相の中将・源実親が、狭霧の許に突然現れて!?

貴公子の求婚

画・佐々成美

「昨晩のそなたは、なかなかの珍味だった」

生まれてこの方一度も恋をしたこともなく、女人よりも書物を偏愛している貧乏公家の小野朝家は、ある重大な決断を迫られていた。苦しい小野家の財政を立て直すため、結婚しなくてはならないというものだ。愛する書物を守るため、憂鬱ながらも嵯峨野に暮らすという姫君のもとへ向かった朝家だが、か弱きはずの姫に反対に押し倒されてしまい…!?